Mes petites énigmes

Du CM1 au CM2
9-10 ans

JEUX ET ÉNIGMES

W0212939

Auteurs
Michèle Lecreux
avec
Éric Berger
Pascal Guichard
Clémence Roux de Luze

Illustrateur
Zou

hachette
ÉDUCATION

Dans ce petit livre, 115 enquêtes et énigmes t'attendent pour mettre ton cerveau au défi.

Pas besoin d'être le meilleur en maths ou incollable en français, il te suffira d'ouvrir l'œil et de ne laisser passer aucun indice pour prouver que tu es un as de la logique !

Et maintenant, à toi d'affronter les enquêtes policières, les énigmes logiques, les rébus, les charades et les grilles pour t'initier aux mystères du futoshiki ou de la bataille navale.

Si tu es prêt pour l'aventure, tourne la page et bienvenue au pays des énigmes !

Conception de la maquette : Karine Nayé
Conception et réalisation de la couverture : Hung Ho Thanh
Illustrations de couverture : Coralie Vallageas
Illustrations des pages 9, 13, 31, 59 (haut), 63, 71, 91, 113 (reprises dans les solutions) : Alain Boyer
Mise en pages : Pascal Guichard

© HACHETTE LIVRE 2022, 58 rue Jean Bleuzen, CS 70007, 92178 Vanves Cedex
I.S.B.N. : 978-2-01-714805-0
www.parascolaire.hachette-education.com

Tous droits de traduction, de reproduction et d'adaptation réservés pour tous pays.
Achevé d'imprimer en Mars 2022 en Roumanie par Rotolito Romania
Dépôt légal : Avril 2022 - Édition n° 01 - 15/2279/9

Sommaire

Enquêtes policières

Énigmes et quiz

Énigmes logiques

Énigmes mathématiques

Énigmes géométriques

Énigmes visuelles

Les poires

Combien pèse une poire ?

 = ……………………

 = 200 g  = 50 g

À la piscine

La leçon de natation des élèves de CM1 commence à 14 heures 30 et dure 40 minutes. Pendant la première moitié du temps, les élèves ont fait des exercices puis pendant l'autre moitié, ils ont joué au water-polo.

Quelle heure était-il quand ils ont commencé à jouer au water-polo ?

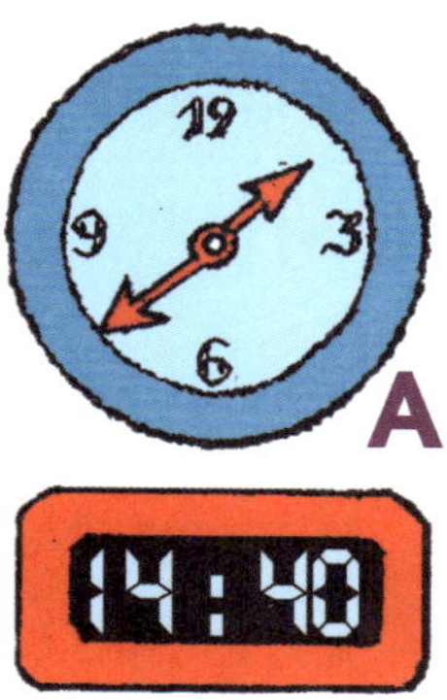

Au voleur !

Un voleur a dérobé un collier de grande valeur. Le bijoutier, qui a appelé la police juste après le cambriolage, a déclaré qu'il avait réussi à suivre son voleur jusqu'à cette petite ruelle. Il est sûr que le cambrioleur habite l'une de ces trois maisons.

L'inspecteur Laloupe interroge les trois suspects.

Monsieur André qui habite au 2 lui déclare :
« Au moment du vol, je regardais le match de foot à la télé. Je ne me souviens pas du score exact mais je sais que ce sont les Bleus qui ont gagné. »

Monsieur Bertrand qui vit au 4 lui répond :
« Je rentre à l'instant d'un voyage de deux mois à l'étranger. Vous pouvez fouiller ma maison, mais ne regardez pas le désordre, personne n'y est venu depuis tout ce temps et le ménage n'a pas été fait. »

Monsieur Claude, le propriétaire du 6, se fâche :
« Je ne comprends pas que vous puissiez me soupçonner ! Et, à l'heure du vol, j'avais un invité. »

Regarde bien l'image de la page voisine et cherche tous les indices qui te permettent de douter d'un des témoignages.

2
4
6
ZOM

Charades

Mon premier est à une extrémité.
Mon deuxième n'est pas rapide.
Mon troisième est une lettre de l'alphabet.
Mon tout prépare de bons croissants.

Mon premier éclaire la mer.
Mon deuxième est un adjectif possessif.
Mon troisième est une note de musique.
On achète des médicaments dans mon tout.

Message codé

Remplace chaque lettre de ce message par celle qui la suit dans l'alphabet. Par exemple si tu vois un A, note un B, si tu vois un B, note un C et si tu vois un Z, note un A.

A	B	C	D	E	F	G	H	I	J	K	L	M	N	O	P	Q	R	S	T	U	V	W	X	Y	Z
▼	▼	▼	▼	▼	▼	▼	▼	▼	▼	▼	▼	▼	▼	▼	▼	▼	▼	▼	▼	▼	▼	▼	▼	▼	▼
B	C	D	E	F	G	H	I	J	K	L	M	N	O	P	Q	R	S	T	U	V	W	X	Y	Z	A

S N T R   K D R   S Q H Z M F K D R

_ _ _ _   _ _ _   _ _ _ _ _ _ _ _ _

N M S   S Q N H R   B N S D R

_ _ _   _ _ _ _ _   _ _ _ _ _

Sur la plage

Cinq copains se retrouvent à la plage. Peux-tu rendre à chacun son prénom si tu sais que Florent ne porte pas de tee-shirt, que le maillot de bain de Ryan n'est pas vert, que Léo porte ses palmes à la main, que la casquette de Brice est bleue et que Jules joue avec son cerf-volant ?

Futoshiki

Remplis cette grille pour que tous les chiffres de 1 à 5 soient inscrits une seule fois sur chaque ligne et chaque colonne. Pour t'aider, les signes < (plus petit que) et > (plus grand que) te renseignent sur les deux chiffres contenus dans les deux cases voisines.

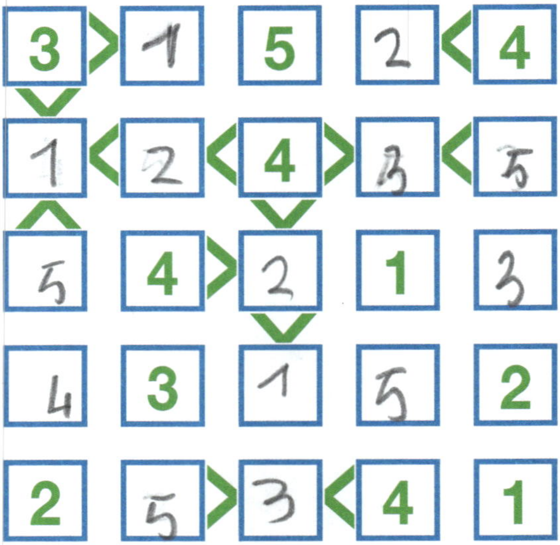

Rébus

Dis à haute voix ce que tu vois écrit ou dessiné ici pour décoder ce rébus.

Le parking

Déplace seulement trois voitures pour dégager la place pour une voiture supplémentaire.

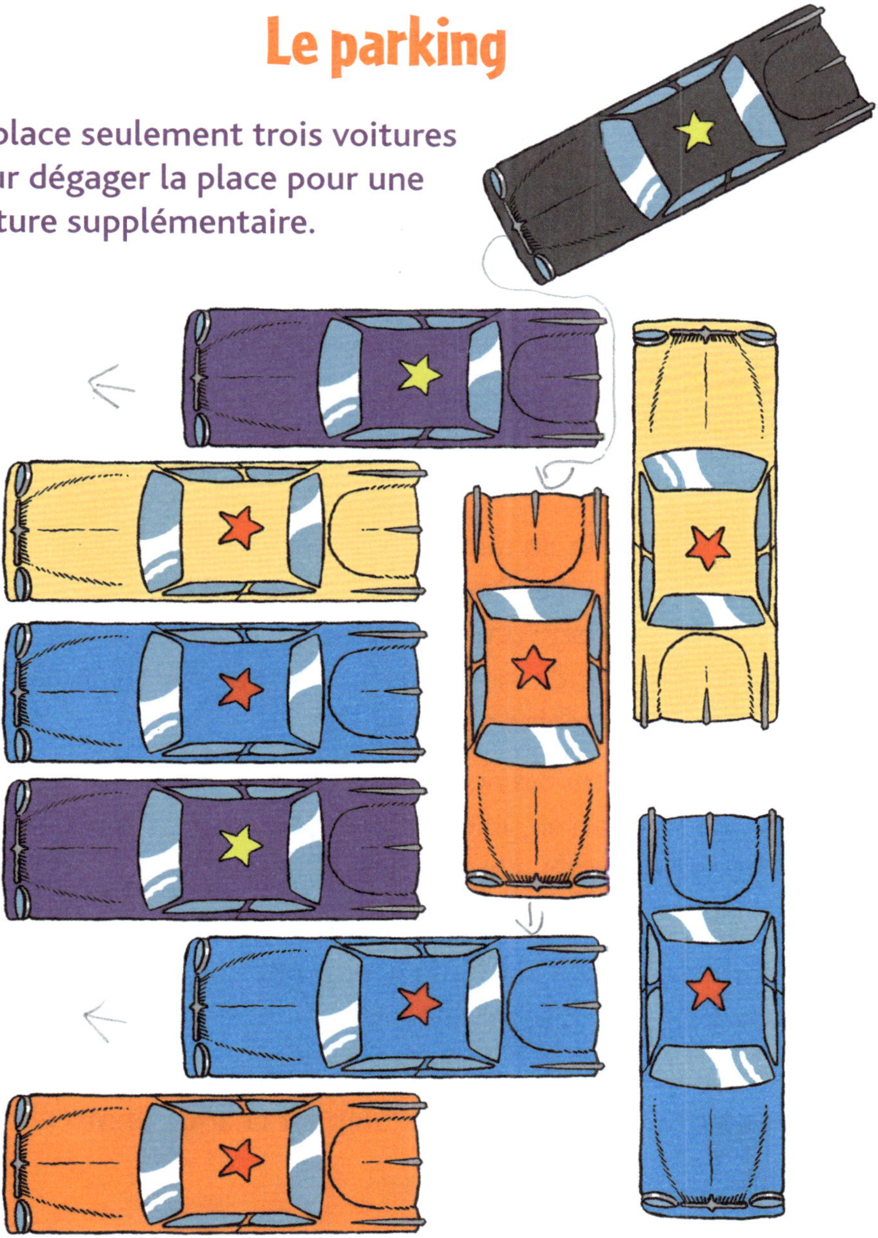

Jules a déménagé

Quand il est entré à l'école maternelle, Jules a rencontré ses quatre meilleurs copains et ensuite, ils ne se sont plus quittés. D'ailleurs, c'est amusant de les voir tous grandir d'année en année sur les photos d'école.

La maman de Jules conserve toutes ces photos dans un tiroir et, chaque fois qu'elle les sort, le garçon les regarde avec émotion.

Mais cette année, sa famille a déménagé et Jules ne revoit plus ses copains d'enfance. C'est pourquoi il a demandé à sa maman d'accrocher quelques anciennes photos de classe au mur de sa chambre pour pouvoir se souvenir de ses quatre copains préférés.

Bien sûr, sa maman a accepté et chaque soir, avant de s'endormir, Jules peut se souvenir des bons moments d'autrefois.

Il pense à Paul qui perdait toujours ses lunettes, à Thomas qui était toujours le plus grand de la classe et aux jumeaux : Pascal et Noël.

Regarde bien les photos de classe de Jules, repère ses copains et trouve où est Jules sur chaque photo.

En cascade

Trouve la valeur, entre 1 et 8, de chaque soucoupe volante pour que ces opérations soient justes.

Pour t'aider, un des nombres est déjà décodé.

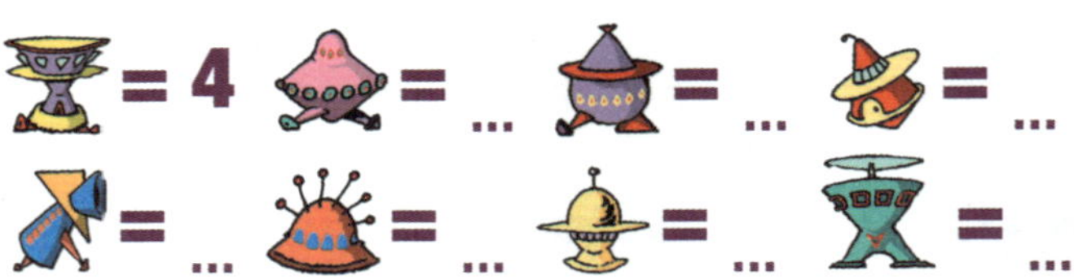

Au Moyen Âge

Cinq éléments ne devraient pas se trouver dans ce château du Moyen Âge. Lesquels ?

Un témoin précieux

Vite ! Vite ! Le voleur s'est enfui ! Heureusement, un témoin a tout vu et il est capable de décrire la maison dans laquelle il s'est caché. Aide le détective à dessiner cette maison en suivant les indications du dessin codé.

Sur chaque ligne et chaque colonne, les chiffres t'indiquent quel nombre de cases voisines il faut colorier. Les groupes de cases noircies doivent être séparés par une ou plusieurs cases blanches. Ainsi 2, 2, 2 signifie que tu dois colorier trois groupes de deux cases séparés par des cases blanches repérées par des croix.
Un conseil : commence par les lignes et les colonnes avec les nombres les plus élevés.

Le bassin

Marc, le jardinier, a récupéré le fil de fer qui entourait son potager et il l'a posé au sol pour délimiter la surface de terre qu'il veut creuser pour former un bassin.
Le potager est un rectangle de longueur 12 m, de largeur 8 m et le fil de fer en faisait complètement le tour.

Maintenant, si le jardinier dépose ce fil de fer pour former un carré, quelle surface aura cette forme ?

Les extraterrestres

Alerte ! Les Martiens arrivent. Leur escadrille compte 24 membres d'équipage. La moitié sont des navigateurs, 4 sont des mécaniciens, la moitié du reste sont des ingénieurs géographes et les autres sont des éclaireurs, qui doivent disposer, chacun, de cinq jours de vivres.

Combien de rations journalières de vivres a-t-il fallu préparer pour les éclaireurs ?

Bon appétit !

Aide le cuisinier à rejoindre son restaurant.
À chaque carrefour, quand tu rencontres une question, choisis la bonne réponse et tu seras sur le bon chemin.

Voyage, voyage !

Ce sont les grandes vacances. Beaucoup de gens sont partis. Vers midi, l'inspecteur Clever reçoit cependant un coup de téléphone d'une personne l'informant qu'elle vient de rentrer de vacances et que son appartement a été cambriolé.

L'inspecteur se dépêche de se rendre sur place et réunit les habitants de l'immeuble qui sont présents pour recueillir leurs témoignages.

« Nous avons été au bord de la mer et sommes revenus il y a une semaine. Nous n'avons rien entendu de bizarre » racontent les locataires du premier.

« Nous sommes allés au Mexique pendant trois semaines. Haaaa... Acapulco, Mexico, les temples mayas, c'était formidable » se souviennent les habitants du deuxième.

« Eh bien, nous, nous avons passé quinze jours en Espagne. Nous avons visité des endroits merveilleux : Pise, Rome, les corridas, Madrid... Nous sommes rentrés hier soir » décrivent les habitants du troisième.

« Nous n'avons pas bougé d'ici cet été mais les enfants font tant de vacarme en jouant dans la cour que nous n'avons rien entendu » soupirent les voisins du quatrième.

L'inspecteur sourit en pensant à ses prochaines vacances méritées. Il a trouvé les coupables... Et toi ?

Touché ! Coulé !

Cette grille représente un port où sont placés six bateaux.
Trouve l'emplacement de chaque bateau
en t'aidant des chiffres inscrits autour de la grille ;
ils t'indiquent combien de cases tu dois colorier
sur la ligne ou la colonne correspondante.
Les bateaux ne se touchent jamais, même pas par
un coin, et il y a toujours des cases vides entre eux.

	4	1	2	2	3	2
4						
1						
1						
4						
1						
3						

Pour commencer : complète d'abord la quatrième ligne sans oublier de colorier en bleu les cases voisines du paquebot.

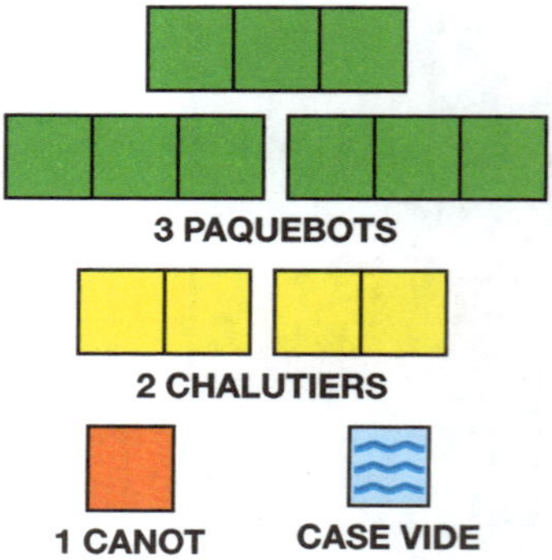

Tour de magie

Si tu es aussi fort qu'un magicien, trouve la carte mystère qui n'est pas un pique ni un cœur, et qui se trouve entre deux cartes rouges.

Suite logique

Que dois-tu dessiner sur le domino pour que cette suite soit logique ?

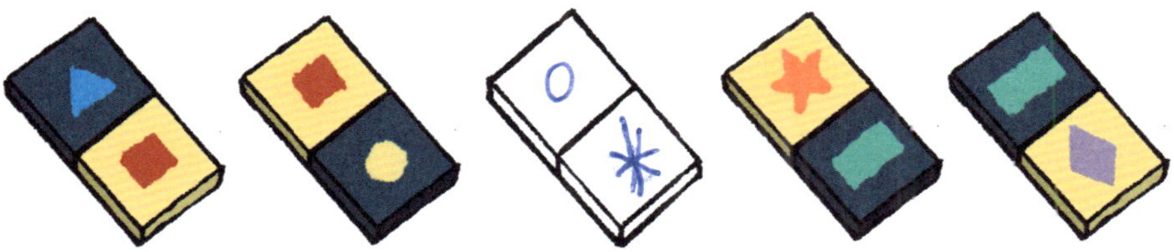

Géographiquement

Trouve les bonnes réponses aux questions, puis inscris les lettres dans les cases et tu liras le nom d'un pays.

1. S'il fait chaud toute l'année, tu habites près

J – De l'équateur.

K – Du pôle Sud.

L – Du pôle Nord.

2. Quel pays le Rhin traverse-t-il ?

A – L'Allemagne.

B – L'Italie.

C – Le Portugal.

3. Quelle langue parle-t-on au Brésil ?

N – L'anglais.

O – L'espagnol.

P – Le portugais.

4. Dans un climat océanique, comme en Bretagne par exemple, les hivers sont :

M – Secs et froids.

N – Froids et pluvieux.

O – Doux et humides.

5. Comment la planète Mars est-elle surnommée ?

M – La planète bleue.

N – La planète rouge.

O – La planète argent.

J	A	P	O	N

Vers l'horizon

Mélissa et Timothée ont emprunté les jumelles de leur grand-père pour admirer le paysage. Si tu veux savoir ce qu'ils voient à l'horizon, pars du point noir et suis les consignes.

Pars du point noir en C4 et va en C5, descends en E5, tourne vers E7, descends en diagonale vers F8 puis file jusqu'en F10, descend en diagonale vers G8, traverse la grille jusqu'en G1, remonte vers F1, tourne vers F3, monte en E3, tourne vers E4 et rejoins ton point de départ.

Vraoummm

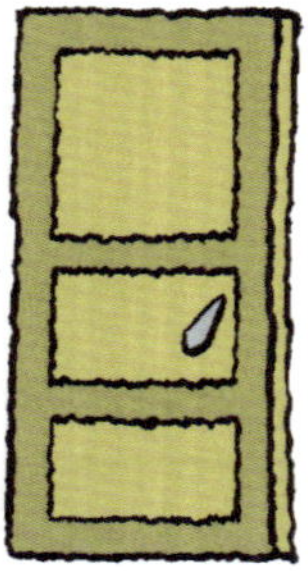

Un terrible fracas vient de retentir au deuxième étage. Tous les voisins de l'immeuble, alertés, sont sortis sur le palier.
Très inquiets, ils se demandent si quelqu'un n'est pas en danger et décident d'aller frapper aux portes des deux locataires de cet étage pour proposer leur aide.

Les deux locataires du deuxième ouvrent leur porte dès qu'ils entendent sonner.

Monsieur Lerouge semble très en colère :

« Mais de quoi vous mêlez-vous ? Je fais ce que je veux chez moi et si j'ai envie de faire du bruit, c'est mon problème. D'ailleurs, il n'est pas tard et vous ne me ferez pas croire que vous étiez déjà couchés ! »

Monsieur Lebrun, lui, est très calme et il avoue :

« Oui, oui, le bruit venait bien de chez moi mais il n'y a aucune raison de s'inquiéter. Je regardais un western à la télévision et, à un moment du film, les bandits font exploser une charge de dynamite.
C'est sans doute ce bruit que vous avez entendu. »

Les voisins, maintenant, savent d'où venait le bruit qu'ils ont entendu. Et toi, crois-tu que le bruit qui a effrayé tout le monde est bien le bruit d'une explosion dans un western ?

La terrasse

Pour décorer sa terrasse, monsieur Lambert veut faire poser au sol des pavés carrés. Il a regardé des catalogues mais il hésite entre deux projets.

Il dispose de 25 pavés carrés rouges dont les côtés mesurent 20 cm. Avec eux, il peut créer deux formes différentes. Il désire aussi entourer la zone de pavés rouges avec des petits pavés bleus.

A

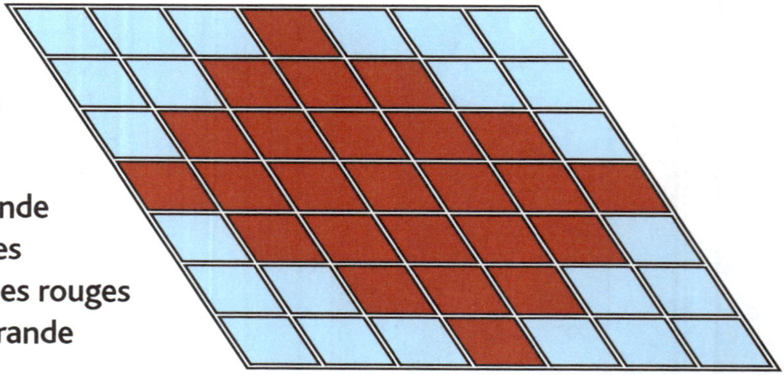

Il se demande laquelle des deux formes rouges a la plus grande surface.

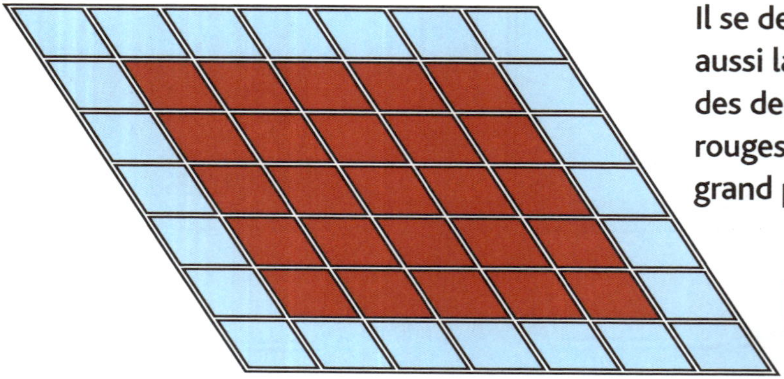

Il se demande aussi laquelle des deux formes rouges a le plus grand périmètre.

B

Les vases

Peux-tu dire à qui appartient chaque vase si tu sais
que Véronique a le double de fleurs de Magali,
que Dominique a deux fois moins de fleurs qu'Olivier,
qu'Olivier a plus de fleurs que Véronique
et que Fred a une fleur de moins qu'Olivier ?

Futoshiki

Remplis cette grille pour que tous les chiffres de 1 à 5 soient inscrits une seule fois sur chaque ligne et chaque colonne. Pour t'aider, les signes < (plus petit que) et > (plus grand que) te renseignent sur les deux chiffres contenus dans les deux cases voisines.

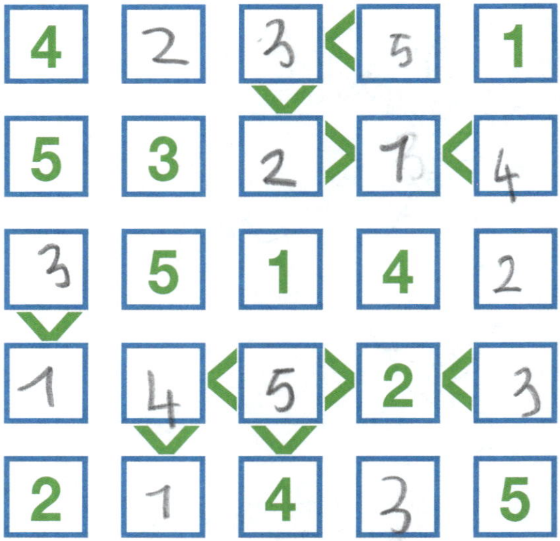

Rébus

Dis à haute voix ce que tu vois écrit ou dessiné ici pour décoder ce rébus.

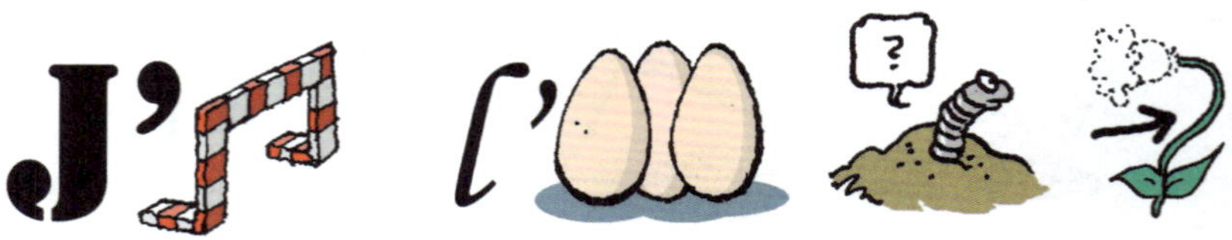

Au marché

Ce matin, Arthur, Ana, Léa, Emma et Grégoire sont allés au marché. Ils rapportent chacun leurs fruits préférés. Trouve le prénom de chacun des enfants en t'aidant de ces renseignements :

– Léa a trois fois plus de fruits qu'Ana.
– Arthur n'aime pas les poires.
– Grégoire porte plus de fruits qu'Ana mais moins qu'Arthur.
– Emma est allergique aux fraises.

Supermaths

Aide Supermaths, le héros, à rejoindre la calculette.
À chaque carrefour, quand tu rencontres une opération, choisis le bon résultat et tu seras sur le bon chemin.

Addi-soucoupes

Trouve la valeur de chaque soucoupe volante pour que cette addition soit juste.

Pour t'aider, deux chiffres sont déjà décodés.

Cette addition ne contient pas de retenue.

Crac !

Après sa répétition de 11 heures ce matin, Nina, la danseuse étoile du ballet Volchoï, est remontée dans sa loge. En s'asseyant sur le tabouret pour enlever son tutu, elle est tombée par terre car un des pieds du tabouret avait été scié ! La malheureuse a très mal au poignet et se rend compte qu'elle ne pourra pas danser.

Le directeur du ballet est paniqué car ce soir, c'est la première de Cendrillon, le ballet où Nina remporte toujours tant de succès. Son absence risque de faire annuler la soirée et ce serait dramatique ! Le directeur décide d'interroger les membres de son équipe.

« J'ai maquillé Nina ce matin pour la répétition et le tabouret tenait bien en place » explique Vilma, la maquilleuse, effondrée et au bord des larmes.

« Je n'ai pas vu Nina ce matin. Je ne devais répéter avec elle que cet après-midi à partir de 16 heures » rend compte Igor, le danseur étoile qui partage la vedette avec Nina.

« J'ai bien répété avec Nina ce matin mais je ne suis pas entrée dans la loge » se défend Cathia, encore dans sa tenue de danse.

Le directeur est embarrassé. Il doit trouver la remplaçante de Nina pour ce soir mais est persuadé que le coupable est dans la loge. Et toi, qu'en penses-tu ?

Cendrillon
Première le 11 déc.
ZOU
Vendredi
10
DÉCEMBRE
Samedi
Rendez-vous Cathia 12h30.
DÉCEMBRE

En cascade

Trouve la valeur, entre 1 et 9, de chaque soucoupe volante pour que ces opérations soient justes.

Pour t'aider, un des nombres est déjà décodé.

À la bibliothèque

Six éléments ne devraient pas se trouver dans une bibliothèque. Lesquels ?

Peur dans la nuit

Hou ! Hou ! Dans la nuit noire, un cri effrayant retentit. Tout le monde frissonne et se demande quel monstre est caché dans la forêt. Pour le savoir, suis les indications du dessin codé.

Sur chaque ligne et chaque colonne, les chiffres t'indiquent quel nombre de cases voisines il faut colorier. Les groupes de cases noircies doivent être séparés par une ou plusieurs cases blanches. Ainsi 2, 2 signifie que tu dois colorier deux groupes de deux cases séparés par des cases blanches repérées par des croix.
Un conseil : commence par les lignes et les colonnes avec les nombres les plus élevés.

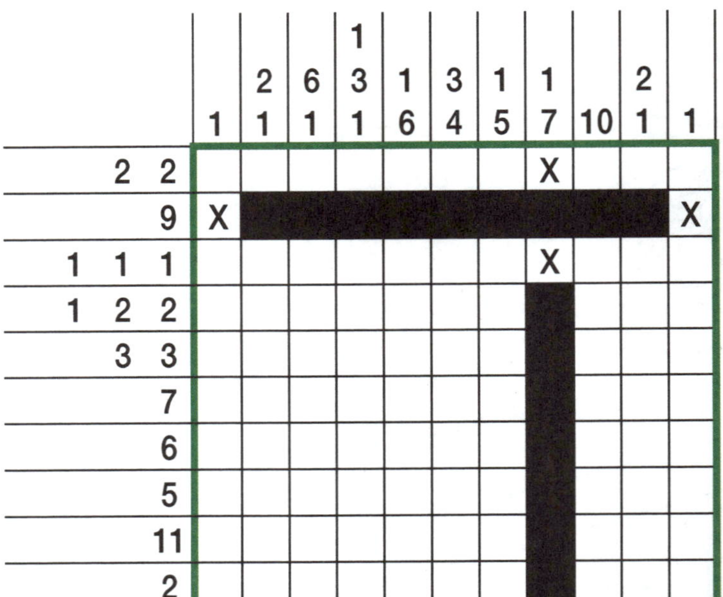

Les pierres

Combien pèse une pierre ?  = ...

 = 200 g  = 50 g

Le goûter

Toutes les boîtes de cakes contiennent 5 petits gâteaux, tous les sachets de gaufres contiennent 3 gaufres et toutes les caisses de soda contiennent 6 bouteilles.

Combien faut-il de caisses de soda pour avoir autant de bouteilles qu'il y a de gâteaux dans 3 boîtes de cakes plus 3 sachets de gaufres ?

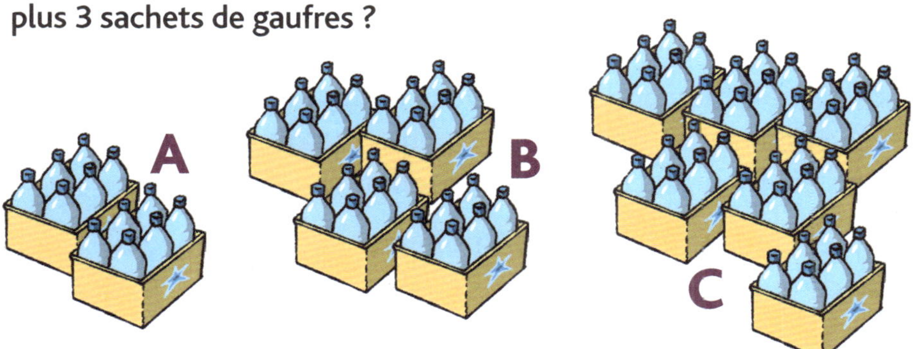

Vol au musée

Quand l'alarme a retenti, toutes les portes qui donnent vers l'extérieur se sont fermées hermétiquement et les responsables de la sécurité se sont précipités vers la salle de la Préhistoire où un vol venait d'avoir lieu.
Les policiers ont visionné les images des caméras de surveillance et ils en ont conclu que le voleur ne pouvait être que l'une des six personnes rassemblées dans la salle vandalisée. Les caméras de surveillance ont montré que le voleur n'avait pas de barbe, était brun, ne portait pas de veste rouge. Cela réduit les suspects à trois : deux gardiens et le comptable.

Le premier gardien témoigne : « Moi, je viens d'arriver car mon poste se trouve dans la salle voisine : je surveille les peintures du Moyen Âge. »

Le deuxième gardien se désole : « Je m'en veux beaucoup. J'avoue que je sommeillais. D'ailleurs, c'est étrange, j'avais bu un café juste avant et j'aurais dû être en pleine forme. C'est le comptable qui m'avait apporté ce café. »

Le comptable confirme : « Oui, j'ai apporté un café à monsieur Antoine, j'ai bu le mien en retournant vers mon bureau quand j'ai entendu l'alarme. »

Après avoir entendu ces témoignages, as-tu une idée de ce qui s'est passé ?

Touché ! Coulé !

Cette grille représente un port où sont placés six bateaux.
Trouve l'emplacement de chaque bateau
en t'aidant des chiffres inscrits autour de la grille ;
ils t'indiquent combien de cases tu dois colorier
sur la ligne ou la colonne correspondante.
Les bateaux ne se touchent jamais, même pas par
un coin, et il y a toujours des cases vides entre eux.

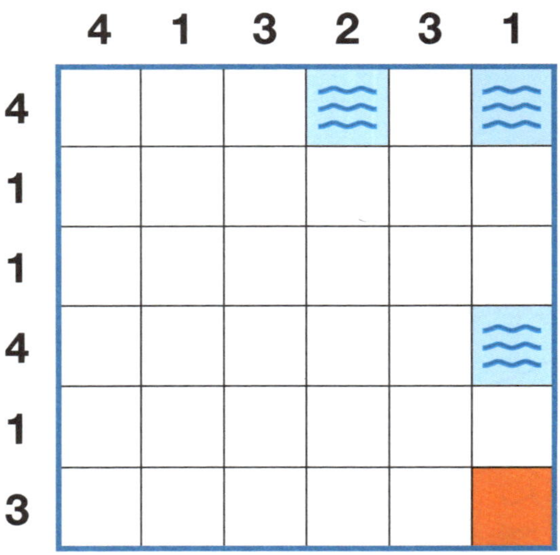

Pour commencer : complète d'abord la première et la quatrième ligne.

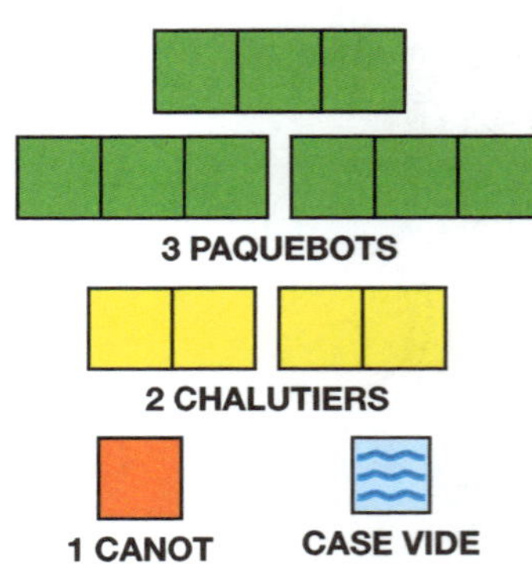

Poker

Pierre, Jérémie, Charlotte, Élise et Corentin adorent jouer aux cartes. Tous les mercredis, ils se retrouvent pour des parties interminables. Trouve quel est le jeu de chacun grâce à ces renseignements :

– Charlotte et Jérémie n'ont pas de cartes noires.
– Corentin a deux rois.
– Les deux filles ont un dix.
– Pierre n'a pas de pique dans sa main.

Charades

Mon premier couvre une maison.
Mon deuxième est une boisson blanche.
Mon troisième est un pronom personnel.
Mon tout est un endroit où l'on va tout seul.

Mon premier est un métal.
Mon deuxième est le cri de la vache.
Mon troisième ne dit pas la vérité.
Mon tout est le contraire de mollement.

Message codé

Remplace chaque lettre de ce message par celle qui la suit dans l'alphabet. Par exemple si tu vois un A, note un B, si tu vois un B, note un C et si tu vois un Z, note un A.

A	B	C	D	E	F	G	H	I	J	K	L	M	N	O	P	Q	R	S	T	U	V	W	X	Y	Z
▼	▼	▼	▼	▼	▼	▼	▼	▼	▼	▼	▼	▼	▼	▼	▼	▼	▼	▼	▼	▼	▼	▼	▼	▼	▼
B	C	D	E	F	G	H	I	J	K	L	M	N	O	P	Q	R	S	T	U	V	W	X	Y	Z	A

DM BGHEEQDR QNLZHMR

_ _   _ _ _ _ _ _ _ _   _ _ _ _ _ _ _

NMYD R'DBQHS WH

_ _ _ _   _ , _ _ _ _ _   _ _

Les deux trains

Deux trains partent exactement au même moment de deux gares distantes de 100 km. Quand ils se croisent, le premier train a parcouru 60 km et le second 40 km.

Lequel des deux trains est le plus proche de la gare d'où est parti le premier train ?

Suite logique

Par quel nombre dois-tu remplacer le point d'interrogation pour que cette suite soit logique ?

4 - 8 - 16 - 32 - ?

Diététiquement

Trouve les bonnes réponses aux questions, puis inscris les lettres dans les cases et tu liras le nom d'un fruit.

1. Que cuisine-t-on dans la fondue bourguignonne ?

O – Du fromage.
P – De la viande.
Q – Des saucisses.

2. De quel aliment provient le sucre ?

O – De la betterave.
P – De la pomme de terre.
Q – De la noix.

3. À quelle saison se ramassent les champignons ?

H – Au printemps.
I – À l'automne.
J– En hiver.

4. Quel est le meilleur moment pour manger des framboises ?

Q – Le printemps.
R – L'été.
S – L'hiver.

5. À partir de quel fruit fabrique-t-on du cidre ?

D – Du melon.
E – De la pomme.
F – De la cerise.

Le cow-boy abandonné

Pauvre cow-boy abandonné tout seul au milieu du désert ! Pour savoir qui il appelle au secours, pars du point noir et suis les consignes.

Pars du point noir en A9, va en B10, descends tout droit en E10, tourne vers E9, remonte en D9, descends en E7 puis en H7, tourne vers H6 et remonte en E6.
Traverse le gilet du cow-boy vers E3, descends en H3, tourne en H2, remonte en E2, tourne vers E1, remonte vers C1.
Pour finir, traverse le chapeau du cow-boy et continue jusqu'en C7 et rejoins le point de départ.

La carte secrète

Mon grand-oncle était un savant. Sa collection de livres anciens était extraordinaire mais le livre qui l'a fait rêver le plus contient les mémoires d'un pirate qui avait amassé un fabuleux trésor.

Mon grand oncle avait découvert qu'une partie du livre était écrite dans un langage codé et indiquait l'emplacement d'un trésor. Il y a passé plus de trois années mais, finalement, il a réussi à déchiffrer le code secret et il allait partir à la recherche du trésor quand il est mort.

Son fils a dû revendre la collection de livres de mon grand-oncle pour trouver l'argent nécessaire au financement d'une expédition à la recherche du trésor.
Mais auparavant, il avait déchiré la page qui contient les indications pour retrouver le trésor. Et, la voici !

Page 22, il est écrit : « Quittez le port et suivez la côte, vers l'ouest pendant 20 kilomètres. »

Et, au dos de cette page on lit : « Il ne vous reste qu'à traverser l'île droit vers le sud pour rejoindre le phare. »

Mais, malheureusement, le vieil oncle avait dû se tromper car, même en suivant précisément ces consignes, son fils n'a jamais trouvé le trésor !

Peut-être que son fils n'a pas trouvé le trésor mais toi, tu dois certainement pouvoir expliquer pourquoi !

L'ÎLE AU TRÉSOR
Quittez le port et suivez la côte vers l'ouest, pendant 20 kilomètres.
N
O
E
S
22

Futoshiki

Remplis cette grille pour que tous les chiffres de 1 à 5 soient inscrits une seule fois sur chaque ligne et chaque colonne. Pour t'aider, les signes < (plus petit que) et > (plus grand que) te renseignent sur les deux chiffres contenus dans les deux cases voisines.

2		5		4		1	<	3
1		4	>	2		3	<	5
				^				v
4	>	3	<	5		2	>	1
3		2	>	1		5		4
				^				v
5		1		3		4		2

Rébus

Dis à haute voix ce que tu vois écrit ou dessiné ici pour décoder ce rébus.

Les chiens

Peux-tu donner le nom de chaque chien si tu sais que Gustave n'est ni brun ni blanc, qu'Octave mange de la pâtée, que Médor ne porte pas de collier, que Pinto ne porte pas de nœud et qu'Hippolyte est blanc ?

Addi-soucoupes

Trouve la valeur de chaque soucoupe volante pour que cette addition soit juste.

Pour t'aider, deux chiffres sont déjà décodés.

Cette addition ne contient pas de retenue.

 = 2  = 7  = ...  = ...  = ...

Les jetons

Déplace seulement deux jetons pour transformer ce cercle en triangle.

Le code secret

Le détective Salone a été engagé par Paul Lerouge qui lui a demandé de trouver des preuves pour l'innocenter alors que tous les indices le désignaient comme coupable.

Salone a donc complètement repris l'enquête de la police et il a découvert que le coupable devait être, d'après les témoins, un homme roux et moustachu. Pourtant, cette piste ne lui permet pas d'innocenter son client Paul Lerouge qui, lui aussi, est roux et moustachu.

Paul a juré qu'il n'est coupable de rien mais il ne peut plus parler car il a été attaqué par un inconnu et se trouve maintenant à l'hôpital, dans le coma. Mais avant de s'évanouir, il a réussi à griffonner un message qui est visiblement codé.

Le message de Paul dit : « Prenez une calculette et trouvez la somme de 31 000 et de 505, puis posez la machine sur votre bureau et déplacez-vous ! Il faut parfois tourner autour d'un problème pour trouver sa solution… »

Salone adore les énigmes et les codes secrets. Mais cette fois-ci, il ne réussit à pas trouver ce que Paul Lerouge a voulu lui dire.

Toi qui es malin, aide le détective à tout comprendre et surtout la mystérieuse dernière phrase du message codé.

Le bon PRIVÉ en 20 LEÇONS
31505
Le bon public en 2 leçons

Rouge et bleu

On fabrique un gros cube en empilant 64 petits cubes rouges. Si on peint en bleu une face de ce gros cube, **combien de petits cubes auront une face bleue ?**

Si, dans un deuxième temps, on peint en bleu une face de plus de ce gros cube, combien de petits cubes auront une seule face bleue ?

Et combien de petits cubes auront deux faces bleues ?

Sur les pistes

Six étranges situations sont représentées sur cette piste de ski. Lesquelles ?

L'artiste préhistorique

Les hommes préhistoriques sont partis à la chasse. Toute la tribu attend leur retour avec impatience. Pour savoir ce que le sorcier de la tribu peint pendant ce temps, suis les indications du dessin codé.

Sur chaque ligne et chaque colonne, les chiffres t'indiquent quel nombre de cases voisines il faut colorier. Les groupes de cases noircies doivent être séparés par une ou plusieurs cases blanches. Ainsi 2, 2, 2 signifie que tu dois colorier trois groupes de deux cases séparés par des cases blanches repérées par des croix.

Un conseil : commence par les lignes et les colonnes avec les nombres les plus élevés.

	3 2	4 3	2 3 1	7	10	8	6	6	8	7	4
2	X										
3	X										
8	X										
2 7	■										
11	■										
11	■										
9	X										
2 7	■										
2 2 2	■										
2 2 2	X	■	■	X	■	■	X	X	■	■	X

La kermesse

Lors de la kermesse de l'école, Natacha, Valentin, Manon et Louis ont acheté des billets de tombola. Ils espèrent tous décrocher un lot ! Trouve à qui appartient chaque ticket grâce à ces renseignements :

- Natacha a un ticket avec un numéro deux fois plus grand que celui d'un des garcons.
- Les deux garcons ont un ticket avec un numéro impair.
- Valentin a un ticket avec un numéro plus grand que celui de Natacha mais plus petit que celui de Manon.

Tarif réduit

Le prix d'un billet d'entrée au parc d'attractions est de 20 euros pour les adultes et de 12 euros pour les enfants. Aujourd'hui, Marion est venue au parc avec son père, sa mère et ses frères. Ensemble, ils ont dépensé 98 euros dont 10 euros de glaces et 12 euros de souvenirs.

Combien de frères Marion a-t-elle ?

Calendrier

Aide mademoiselle Chrono à rejoindre le calendrier.
À chaque carrefour, quand tu rencontres une question, choisis la bonne réponse et tu seras sur le bon chemin.

Le vélo volé

Fred est sorti de la boulangerie et s'est mis à crier : « Mon vélo ! Mon vélo ! Qui a volé mon vélo ? » Immédiatement, l'agent de police qui réglait la circulation au carrefour voisin est accouru. Fred lui a expliqué qu'il avait posé son vélo contre le mur, le temps d'acheter son pain, et que, quand il était ressorti de la boutique, le vélo n'était plus là. L'agent de police était un malin, il a aussitôt interdit aux passants de marcher sur le trottoir et s'est mis à la recherche de traces laissées par le voleur.

« Nous pouvons affirmer que le voleur est parti par là, annonça-t-il fièrement. Je vois aussi qu'il n'a pas pu aller bien loin car son pneu a dû crever.
– Alors, a questionné Fred, si vous savez par où il est allé et si vous êtes sûr qu'il n'est pas parti loin, qu'attendez-vous pour le retrouver ?
– Mais, mon jeune ami, répond le policier, c'est ce que nous allons faire tout de suite car cette petite ruelle est une impasse et le voleur a été bloqué très vite. Je suis certain qu'il n'a pas pu faire autrement que d'abandonner votre vélo et de revenir ici à pied.
– Cela veut dire que mon voleur est ici, demande Fred ?
– Oui » répond l'agent.

À ton avis, lequel est-ce ?

Boulangerie
Boulangerie Pâtisserie
POLICE

Charades

Mon premier est le contraire de rapide.
Mon deuxième est un pronom possessif.
Mon troisième ne dit pas la vérité.
Mon tout est le contraire de vite.

Mon premier est un adjectif possessif.
Mon deuxième est un article défini ou une note.
Mon troisième vaut la moitié de quatre.
Mon tout est très apprécié par le lapin.

Message codé

Remplace chaque lettre de ce message par celle qui la suit dans l'alphabet. Par exemple si tu vois un A, note un B, si tu vois un B, note un C et si tu vois un Z, note un A.

A	B	C	D	E	F	G	H	I	J	K	L	M	N	O	P	Q	R	S	T	U	V	W	X	Y	Z
▼	▼	▼	▼	▼	▼	▼	▼	▼	▼	▼	▼	▼	▼	▼	▼	▼	▼	▼	▼	▼	▼	▼	▼	▼	▼
B	C	D	E	F	G	H	I	J	K	L	M	N	O	P	Q	R	S	T	U	V	W	X	Y	Z	A

i D   R Z H R   E Z H Q D   K D R

_ _   _ _ _ _   _ _ _ _ _   _ _ _

L T K S H O K H B Z S H N M R

_ _ _ _ _ _ _ _ _ _ _ _ _ _ _

À la ferme

Dans cette ferme, on compte 78 pattes. 2 appartiennent au fermier, 4 à son chien et les autres à ses vaches et à ses poules. Et on compte autant de pattes de vaches que de pattes de poules.

Combien de vaches ce fermier possède-t-il ?

Mathématiquement

Trouve les bonnes réponses aux questions, puis inscris les lettres dans les cases et tu liras un nombre.

1. Combien de côtés possède un hexagone ?

B – 4.

C – 5.

D – 6.

2. Quel angle est le plus ouvert ?

N – L'angle droit.

O – L'angle obtus.

P – L'angle aigu.

3. Parmi ces trois nombres, lequel est plus grand que 8,54 ?

T – 8.

U – 8,71.

V – 8,26.

4. Combien d'années durent deux siècles ?

Y – 100 ans.

Z – 200 ans.

A – 2 000 ans.

5. Si un carré a un côté de 5 cm, combien mesure son périmètre ?

D – 15 cm.

E – 20 cm.

F – 25 cm.

D O U Z E

Les cadeaux

Mamie a préparé neuf cadeaux qu'elle veut distribuer à ses trois petits-enfants. Sur chaque cadeau, tu vois l'étiquette avec le prix que mamie n'a pas encore retirée. Elle veut offrir à chaque enfant trois cadeaux d'une valeur totale de 15 euros. Comment va-t-elle s'y prendre ?

Suite logique

Par quelle lettre dois-tu remplacer le point d'interrogation pour que cette suite soit logique ?

B - E - H - K - N - ?

C'est pas moi !

Pauvre Léon ! Il nageait tranquillement dans son bocal, comme d'habitude, quand soudain… crac ! le bocal est tombé sur le sol, s'est cassé et l'eau s'est répandue. Léon commençait à suffoquer quand monsieur Lambert est arrivé et l'a sauvé de l'asphyxie. Ouf !

Maintenant que Léon peut à nouveau frétiller dans un verre d'eau en attendant de retrouver un aquarium digne de lui, monsieur Lambert se demande qui a bousculé le bocal pour le faire tomber.

Madame Lambert lui dit qu'elle vient juste de rentrer à la maison. Heureusement d'ailleurs, car il y a beaucoup de vent et de pluie aujourd'hui !

« Oui, répond monsieur Lambert, j'ai entendu quand tu es arrivée, la porte d'entrée a claqué.

Et toi, Florent ? demande monsieur Lambert à son fils. J'ai entendu que tu jouais avec un ballon.

– C'est vrai, papa, mais je jouais dans l'escalier alors je n'ai pas pu renverser ce bocal ! », répond Florent.

Monsieur Lambert réfléchit, examine toute la scène et comprend ce qui s'est passé. Et toi, as-tu compris ?

Les cubes

Mon petit frère aime beaucoup jouer
avec des cubes décorés de lettres de l'alphabet.
Avec laquelle de ces quatre formes,
peut-on reconstituer le grand cube ?

A

B

C

D

À table !

Peux-tu donner le prénom de chaque enfant autour de la table si tu sais qu'Axelle tient son verre dans sa main droite et n'est pas à côté de Jean, que Nathalie est à la gauche d'Antoine, que Joëlle est en face d'Antoine et que Pierre ne boit pas de jus d'orange ?

Futoshiki

Remplis cette grille pour que tous les chiffres de 1 à 5 soient inscrits une seule fois sur chaque ligne et chaque colonne. Pour t'aider, les signes < (plus petit que) et > (plus grand que) te renseignent sur les deux chiffres contenus dans les deux cases voisines.

3			<		>			2
5				1				
		1			>			5
		2					>	
						∨		
1				2	<			3

Rébus

Dis à haute voix ce que tu vois écrit ou dessiné ici pour décoder ce rébus.

Les bonbons

Combien pèse un sac de bonbons ? = ……………………

= 200 g = 100 g = 50 g

Le nombre mystérieux

Quel est le nombre mystérieux qui a été remplacé par un point d'interrogation dans ces opérations ?

? + ? + ? + 30 = 120

? + ? + ? + 600 = 690

Addi-soucoupes

Trouve la valeur de chaque soucoupe volante pour que cette addition soit juste. Pour t'aider, un des chiffres est déjà décodé. Attention ! As-tu remarqué la retenue ?

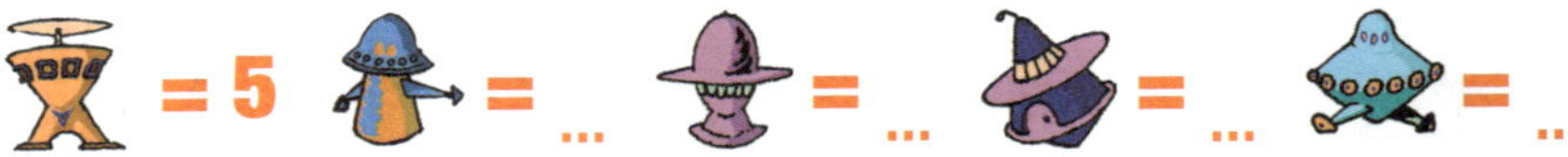

Le prince noir

Le prince noir est un redoutable chevalier qui a décidé de renforcer son château. Pour savoir ce qu'il veut ajouter, pars du point noir et suis les consignes.

Pars du point noir en A3 et va jusqu'en A4, descends en B4, tourne vers B5, remonte en A5, tourne vers A6, descends en B6, frôle le drapeau de droite et va jusqu'en B7, remonte en A7, tourne en A8, descends en C8, puis en diagonale vers D7, suis le mur jusqu'au pied de la tour, tourne vers H4, remonte en D4, tourne vers C3 puis rejoins ton point de départ.

Le grenier

Florent et ses cousins ont de la chance. Tous les ans, ils passent leurs vacances dans une vieille maison pleine de recoins inquiétants qu'ils fouillent à la recherche d'un trésor que personne n'a jamais vu.
Le lieu qu'ils préfèrent, c'est bien sûr le grenier où s'entassent de vieilles malles, d'anciens outils, des vêtements inouïs et des objets dont ils n'arrivent même pas à imaginer à quoi ils servaient autrefois.
Aujourd'hui, à peine arrivés, ils ont grimpé dans le grenier et se sont aperçus que les vieux vêtements avec lesquels ils avaient l'habitude de se déguiser étaient tout troués.

Mathilde dit que s'ils avaient pensé à tout ranger l'an dernier avant de partir, ce ne serait pas arrivé !
Thomas craint qu'un fantôme n'ait visité le grenier.
Florent, qui est le plus raisonnable, se demande surtout qui a bien pu grignoter le chapeau du grand-père et la robe de la grand-mère.
« C'est forcément une souris, dit Thomas.
– Ou des mites, ajoute Mathilde.
Ces petits insectes sont redoutables.
– À moins que le chat n'aime manger du tissu »,
s'interroge Florent.

Et toi, devines-tu qui a grignoté les vieux vêtements ?

Une enquête rapide

Un vol a été commis et les policiers enquêtent. D'après tous les témoignages recueillis, ils savent maintenant dans quel véhicule les voleurs ont pris la fuite. Pour le découvrir à ton tour, suis les indications du dessin codé.

Sur chaque ligne et chaque colonne, les chiffres t'indiquent quel nombre de cases voisines il faut colorier. Les groupes de cases noircies doivent être séparés par une ou plusieurs cases blanches. Ainsi, 2, 2 signifie que tu dois colorier deux groupes de deux cases séparés par des cases blanches repérées par des croix.

Un conseil : commence par les lignes et les colonnes avec les nombres les plus élevés.

	8	1 2	1 1 1	1 2 1	1 2	8	1 3	1 5	5 1	4 1	5
6			■								
1 1			X								
1 4			X								
1 1 1			X								
1 1 4			X								
1 6			X								
1 2 6			■								
2 5 2			X								
1 1 1 1			X								
2 2			■								

Rentrée des classes

Dans la classe de monsieur Duriez, il y a 17 tables à deux places. Cette année, 25 élèves entrent au CM1 dans sa classe. Combien de tables resteront entièrement libres si monsieur Duriez décide que cinq élèves particulièrement dissipés doivent être installés seuls à leur table et que deux tables doivent former un coin bibliothèque ?

Suite logique

Par quelle date dois-tu remplacer le point d'interrogation pour que cette suite soit logique ?

1er mai - 2 juin - 3 juillet - 4 août - ?

Sportivement

Trouve les bonnes réponses aux questions, puis inscris les lettres dans les cases et tu liras le nom d'un footballeur.

1. Au tennis, comment appelle-t-on le dernier échange ?

G – La balle de jeu.
H – La balle de match.
I – La balle gagnante.

2. De combien de joueurs se compose une équipe de rugby ?

C – 11 joueurs.
D – 17 joueurs.
E – 15 joueurs.

3. Quelle est la couleur du maillot brésilien de football ?

M – Vert.
N – Jaune.
O – Rouge.

4. En combien de points se remporte un match de ping-pong ?

R – 11.
S – 18.
T – 25.

5. Comment s'appelle le tapis sur lequel on pratique le judo ?

X – Le tapis de sol.
Y – Le tatami.
Z – Le futon.

Les pirates

Trois pirates ont rapporté de leurs voyages douze coffres d'or. Ils en ont chacun un nombre différent et chacun en a un nombre pair.

Combien de coffres d'or chaque pirate possède-t-il ?

Ciel ! mes bijoux

Dans une somptueuse demeure vivent une comtesse extrêmement riche, ses enfants et trois domestiques : un majordome, une cuisinière et un jardinier. La villa « Les Bruyères » est un petit château fièrement dressé au fond d'un grand parc. Le lieu est assez solitaire mais la comtesse sait qu'elle n'est pas seule, ce qui la rassure d'habitude.

Cependant, ce soir, quand Anna la cuisinière et Paul le majordome ont entendu un cri d'épouvante, ils sont montés très vite dans le salon.
« Mes bijoux ! Tout a disparu », crie la comtesse en regardant d'un œil désespéré le coffre vide.
« Comment est-ce possible ? Les chiens auraient dû donner l'alarme », s'exclame-t-elle !

À ce moment-là, Guillaume le jardinier entre à son tour dans le salon, inquiet. « Madame, j'ai retrouvé les chiens endormis dans leur niche », annonce-t-il.
La comtesse se tourne alors vers la cuisinière. « Madame, vous savez bien que j'ai peur des chiens », explique celle-ci.
« Moi, j'avais des invités hier soir », poursuit le jardinier.
« Et moi, j'étais sorti avec ma femme au cinéma », explique le majordome.

Examine toute la scène. As-tu compris ce qui s'est passé ?

Touché ! Coulé !

Cette grille représente un port où sont placés six bateaux.
Trouve l'emplacement de chaque bateau en t'aidant des chiffres inscrits autour de la grille ; ils t'indiquent combien de cases tu dois colorier sur la ligne ou la colonne correspondante.
Les bateaux ne se touchent jamais, même pas par un coin, et il y a toujours des cases vides entre eux.

	1	3	2	2	2	4
4						
1						
0						
5						
0						
4						

Pour commencer : colorie en bleu les deux lignes marquées 0 puis complète la quatrième ligne.

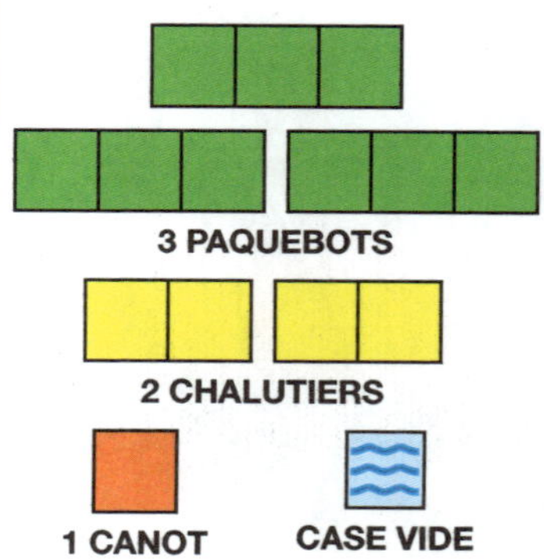

Les voitures

Combien pèse une voiture ?  = ...

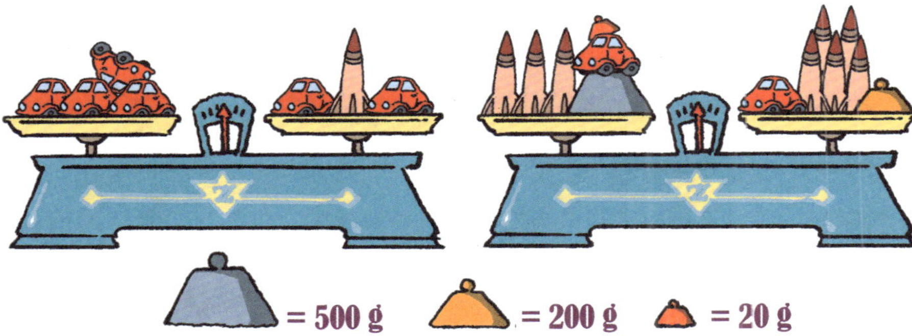

Les bonbons

Un sachet contient 21 bonbons avec deux bonbons à la menthe de plus que de bonbons à la fraise et deux bonbons à la fraise de plus que de bonbons au citron.

Combien de bonbons de chaque sorte y a-t-il dans le sachet ?

A

B

C

En cascade

Trouve la valeur de chaque soucoupe volante pour que ces opérations soient justes.
Pour t'aider, un des chiffres est déjà décodé.

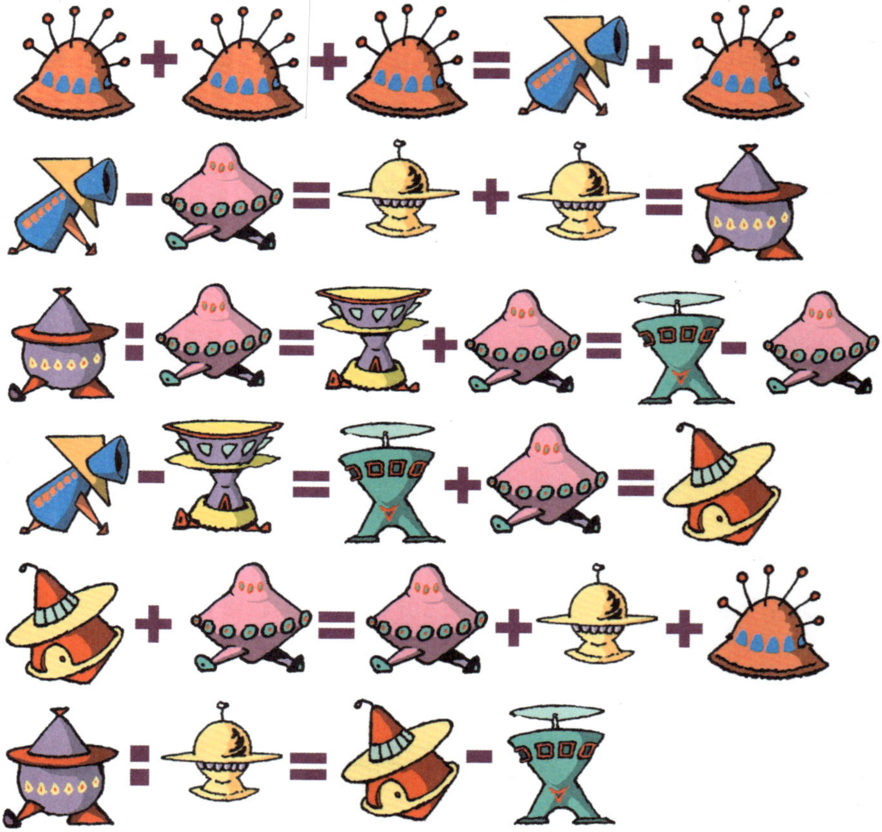

En Ovalie

Six éléments ne devraient pas figurer sur ce terrain de rugby. Lesquels ?

Charades

Mon premier miaule.
Mon deuxième est le contraire de beaucoup.
Mon troisième est une forme géométrique.
Mon quatrième est une couleur.
Mon tout est la petite héroïne d'un conte.

Mon premier est un article indéfini.
Mon deuxième est notre planète.
Mon troisième est très clair.
Mon tout permet de communiquer très vite.

Message codé

Remplace chaque lettre de ce message par celle qui la suit dans l'alphabet. Par exemple si tu vois un A, note un B, si tu vois un B, note un C et si tu vois un Z, note un A.

A	B	C	D	E	F	G	H	I	J	K	L	M	N	O	P	Q	R	S	T	U	V	W	X	Y	Z
▼	▼	▼	▼	▼	▼	▼	▼	▼	▼	▼	▼	▼	▼	▼	▼	▼	▼	▼	▼	▼	▼	▼	▼	▼	▼
B	C	D	E	F	G	H	I	J	K	L	M	N	O	P	Q	R	S	T	U	V	W	X	Y	Z	A

DM BGHEEQDR QNLZHMR

_ _   _ _ _ _ _ _ _ _   _ _ _ _ _ _ _

W RHFMHEHD CHW

_   _ _ _ _ _ _ _ _   _ _ _

Marguerite est dans le pré

Marguerite adore déguster les fleurs de cette prairie mais pour savoir laquelle elle préfère, pars du point noir et suis les consignes.

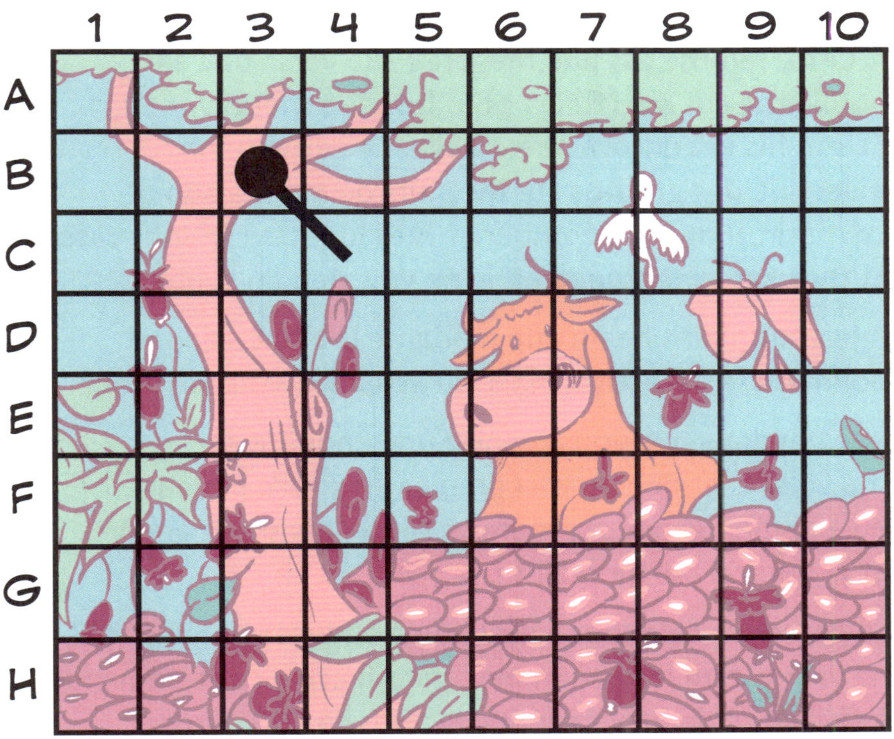

Pars du point noir en B3, descends en C4, remonte en B5. Va en B6, descends vers C7, monte en B8, descends jusqu'à la tête du papillon, descends jusqu'en F8, tourne vers F6, descends en H6, tourne en H5 et remonte en F5. Tourne en F3, puis remonte en C2 et rejoins ton point de départ.

La voisine

Le détective Laloupe écoute depuis vingt bonnes minutes les jérémiades de madame Leblanc. Celle-ci lui explique toutes les misères que sa voisine lui fait subir.

« Cette femme est une mégère ! Elle verse de l'eau bouillante sur mes fleurs pour les faire mourir. Et son fils est encore pire qu'elle. Ce garnement a dessiné des graffitis sur les murs de ma maison et, ce matin, il m'a fait tomber et mes lunettes se sont cassées. Et moi, sans mes lunettes, je ne vois rien du tout.

– Je vous plains beaucoup madame Leblanc, répond poliment le détective. Mais, qu'attendez-vous de moi ?

– Je voudrais que vous meniez une enquête sur ma voisine et que vous la preniez en photo pendant qu'elle manigance ses méfaits. Ainsi j'aurai des preuves et je pourrai porter plainte. »

Le détective Laloupe se dit qu'une enquête pareille ne va pas être facile à mener, mais il accepte et demande à sa cliente de lui verser une avance de 100 euros.

Celle-ci sort son chéquier et commence à rédiger le chèque quand soudain Laloupe dit :
« Finalement non, madame Leblanc, gardez votre argent, je ne vais pas enquêter sur votre voisine. »

Pourquoi dit-il cela, à ton avis ?

Futoshiki

Remplis cette grille pour que tous les chiffres de 1 à 5 soient inscrits une seule fois sur chaque ligne et chaque colonne. Pour t'aider, les signes < (plus petit que) et > (plus grand que) te renseignent sur les deux chiffres contenus dans les deux cases voisines.

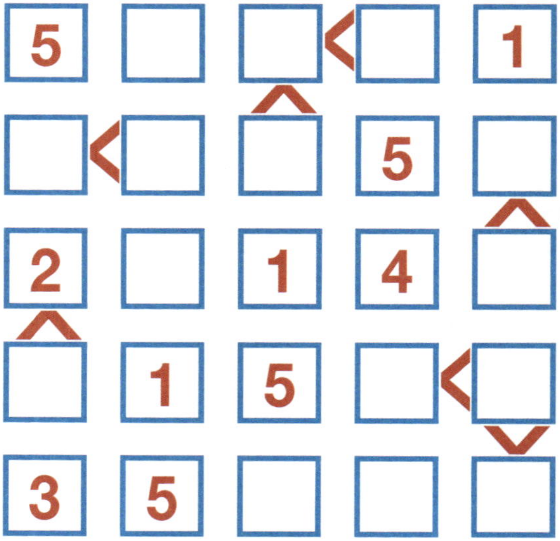

Rébus

Dis à haute voix ce que tu vois écrit ou dessiné ici pour décoder ce rébus.

La fête foraine

La fête foraine vient de s'installer dans le village et les enfants ont hâte d'assister au spectacle. Peux-tu dire dans quel ordre sont arrivés les cinq enfants si tu sais que Patrick n'est pas arrivé le premier, que Philippe est arrivé juste après Mathieu, que Caroline est arrivée à 11 heures 20, que Mathieu est arrivé juste après Patrick qui est arrivé pile à 11 heures, que Benoît était là à 10 heures 50 ?

Addi-soucoupes

Trouve la valeur de chaque soucoupe volante pour que cette addition soit juste. Pour t'aider, un des chiffres est déjà décodé. Attention ! As-tu remarqué les retenues ?

Les gâteaux

Cette boîte de gâteaux contient cinq gâteaux rectangulaires et dix gâteaux carrés qui sont rangés de façon à ne laisser aucun espace entre eux.
La boîte mesure 25 cm de long sur 20 cm de large.

Quelle est la surface d'un gâteau carré ?

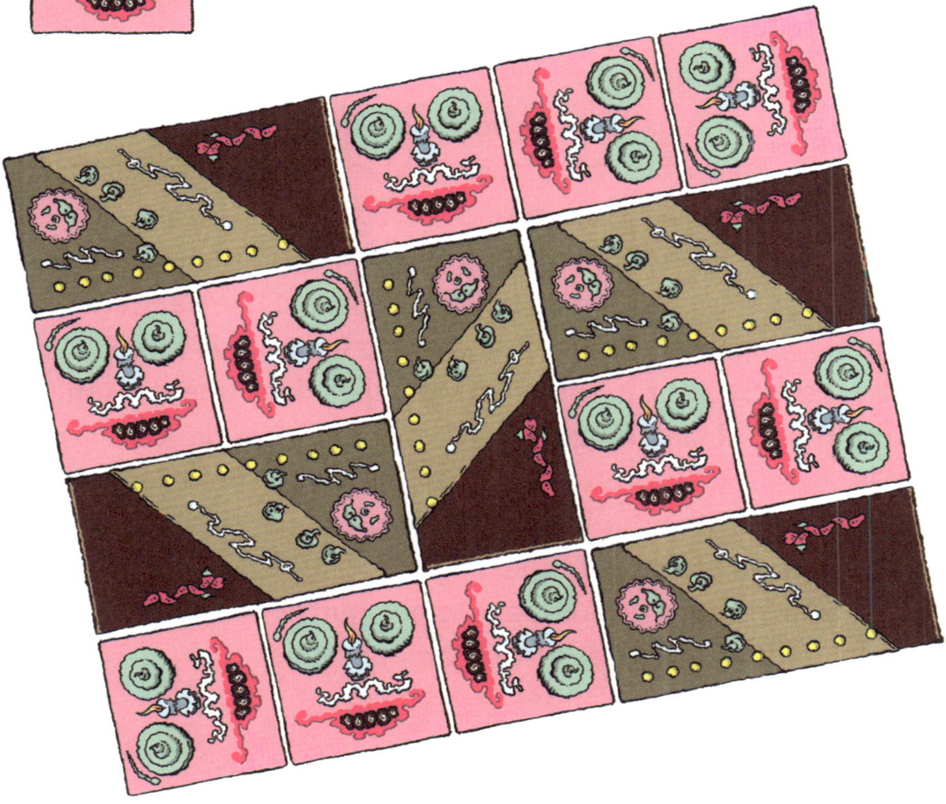

Sale temps

Il n' a pas arrêté de pleuvoir aujourd'hui.
Un vrai déluge ! Le jardin est transformé en marécage et les enfants sont bien déçus de perdre une journée de vacances.

« Profitez-en donc pour faire vos devoirs de vacances, dit madame Letellier à ses trois enfants. Et demain, s'il fait beau, nous pourrons partir en pique-nique. »

En boudant un peu, les trois frères ont sorti leurs cahiers de vacances et ont commencé à travailler.

Puis maman a dit :

« C'est bien les garçons. Je vois que vous êtes tous occupés et je vais en profiter pour aller en ville faire des courses et acheter de quoi vous faire des crêpes pour le goûter. »

Les garçons lèvent à peine la tête, promettent à leur mère de ne pas sortir de la maison et continuent leurs activités.

Quand madame Letellier revient, une heure plus tard, elle retrouve ses fils, sagement installés dans une maison si calme et si bien rangée qu'elle a soudain un doute.

« Je vous connais, tous les trois. Quand vous êtes comme ça, sages comme des images, c'est que vous venez de faire une bêtise ! dit-elle.

– Oh non, maman, nous n'avons pas quitté nos cahiers. » répondent en chœur les trois garçons.

Madame Letellier n'est pas convaincue.

Et toi ? Que penses-tu que les garçons ont fait pendant l'absence de leur mère ?

Touché ! Coulé !

Cette grille représente un port où sont placés six bateaux. Trouve l'emplacement de chaque bateau en t'aidant des chiffres inscrits autour de la grille ; ils t'indiquent combien de cases tu dois colorier sur la ligne ou la colonne correspondante. Les bateaux ne se touchent jamais, même pas par un coin, et il y a toujours des cases vides entre eux.

	4	2	3	0	1	4
4						
1						
4						
0						
1						
4						

Pour commencer : colorie d'abord en bleu les cases qui doivent rester vides puis complète la dernière colonne.

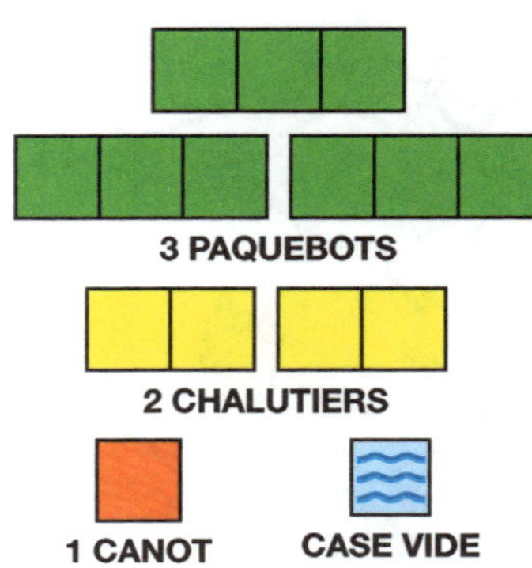

La pyramide

Six éléments ne devraient pas se trouver sur cet antique chantier égyptien. Lesquels ?

Un voleur discret

Mamie avait laissé un bol de lait sur la table de la cuisine et maintenant… il est vide ! Mamie est fâchée et voudrait bien savoir à quoi ressemble le voleur. Aide-la en suivant les indications du dessin codé.

Sur chaque ligne et chaque colonne, les chiffres t'indiquent quel nombre de cases voisines il faut colorier. Les groupes de cases noircies doivent être séparés par une ou plusieurs cases blanches. Ainsi, 3,3 signifie que tu dois colorier deux groupes de trois cases séparés par des cases blanches repérées par des croix.
Un conseil : commence par les lignes et les colonnes avec les nombres les plus élevés.

	3	1 1	5	1 6	3 3	5	3	2	5	1 2	10
2											
1 1 1	■	X	X	X	■	X	X	X	X	X	■
5 1											
1 1 1 1											
3 1											
9											
9											
4 1 1											
1 1 1 1											
1 1 1 1											

Les canaris

Combien pèse un canari ?

 = ...

 = 1 kg  = 200 g

Les cadeaux

Le cadeau de Thomas coûte 5 euros de plus que le cadeau de Florian. Au total, les deux cadeaux ont coûté 35 euros.

Combien coûte le cadeau de Thomas ?

A

B

C

En cascade

Trouve la valeur, entre 1 et 8, de chaque soucoupe volante pour que ces opérations soient justes.

Pour t'aider, un des nombres est déjà décodé.

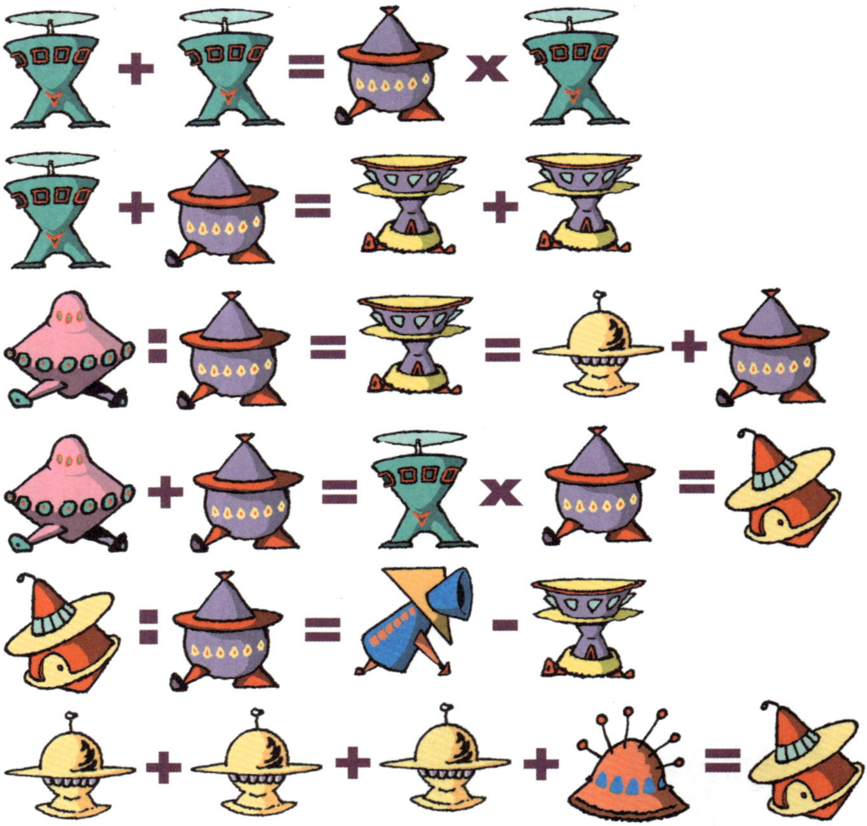

Les courses

Aide Sancho Ping à rejoindre la rue commerçante.
À chaque carrefour, quand tu rencontres une question, choisis la bonne réponse et tu seras sur le bon chemin.

Les traces

Arthur est toujours en retard. Ce n'est pas de sa faute, il est comme ça. Il ne réussit jamais à être prêt en même temps que les autres. Pendant l'année, en classe, cela lui pose beaucoup de problèmes car, chaque fois qu'il n'est pas à l'heure, le maître lui donne une punition.

Résultat : le soir, il doit faire ses devoirs puis sa punition, et quand il veut rejoindre ses copains pour aller jouer, ils sont déjà partis !

D'ailleurs, c'est exactement ce qui vient d'arriver aujourd'hui encore. Quand Arthur est arrivé au point de rendez-vous, Wafa et Thomas, étaient déjà partis.

C'est dommage, se dit Arthur, car on devait faire une promenade tous les trois. Il allait rentrer tristement chez lui quand soudain, Arthur a eu une idée.

Voyons ! Si j'examine soigneusement les traces au sol, je devrais pouvoir trouver le chemin que mes copains ont suivi.

Peux-tu aider Arthur à savoir dans quelle direction ses copains sont partis en sachant que Wafa avait sa patinette et que Thomas, qui s'est cassé une jambe la semaine dernière, marche avec des béquilles ?

Touché ! Coulé !

Cette grille représente un port où sont placés six bateaux.
Trouve l'emplacement de chaque bateau
en t'aidant des chiffres inscrits autour de la grille ;
ils t'indiquent combien de cases tu dois colorier
sur la ligne ou la colonne correspondante.
Les bateaux ne se touchent jamais, même pas par
un coin, et il y a toujours des cases vides entre eux.

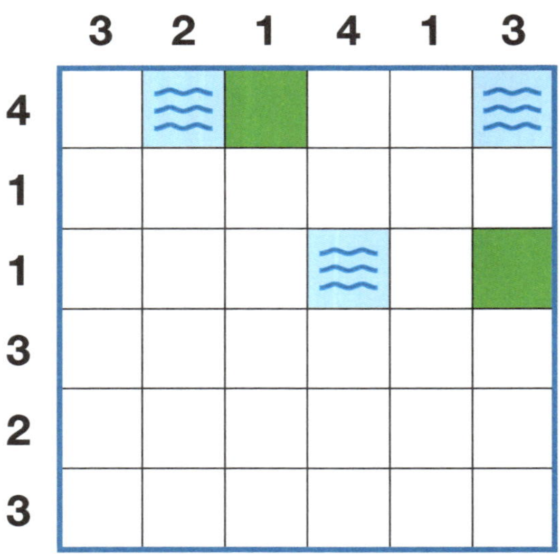

Pour commencer : complète la première ligne puis cherche à placer les trois paquebots.

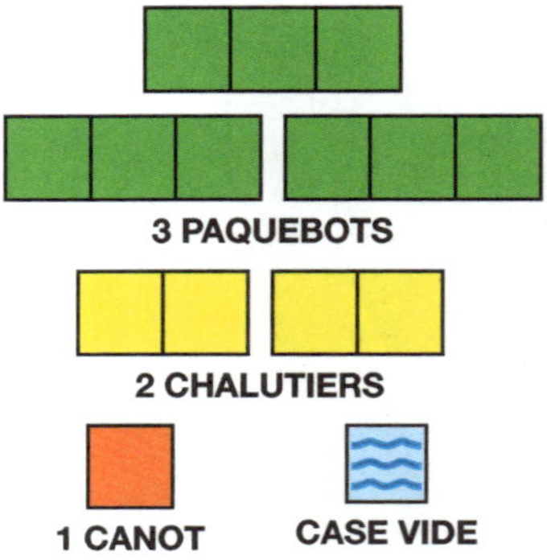

La cible

Trois copains jouent aux fléchettes. Chacun dispose de trois fléchettes de la même couleur. Les trois copains ont déjà lancé deux fléchettes chacun.

Si, au troisième lancer, le joueur jaune gagne 5 points, le joueur rouge 10 points et le joueur bleu 20 points, qui va gagner ?

Suite logique

Combien de grains la dernière grappe de raisin devrait-elle contenir pour que cette suite soit logique ?

Artistiquement

Trouve les bonnes réponses aux questions, puis inscris les lettres dans les cases et tu liras le nom d'un peintre.

1. Où se trouve le musée du Louvre ?

L – À Londres.

M – À Paris.

N – À New York.

2. Qui a peint le tableau *La Joconde* ?

A – Léonard de Vinci.

B – Claude Monet.

C – Auguste Renoir.

3. Quelles couleurs dois-tu mélanger pour obtenir de l'orange ?

M – Du violet et du jaune.

N – Du rouge et du jaune.

O – Du bleu et du rouge.

4. Quelle couleur ne fait pas partie des couleurs de l'arc-en-ciel ?

C – Indigo.

D – Orange.

E – Marron.

5. Qu'est-ce que la « Dame de fer » ?

T – La tour Eiffel.

U – L'Arc de triomphe.

V – La gare du Nord.

Le monstre

Dans ce sombre château, perdu dans une forêt profonde, vit un monstre effrayant. Pour voir son visage, pars du point noir et suis les consignes.

Pars du point noir en B2, monte jusqu'au sommet de la tour, descends en B6 puis en D6, tourne vers D7, descends en E7 et reviens en E6 avant de descendre tout droit vers G6. Descends vers H5, va tout droit en H3 et remonte en G2. Passe par E2 puis va en E1, D1, D2 et rejoins ton point de départ.

Voilà le facteur !

Ce matin, le facteur apporte une lettre dans chacune de ces maisons. Peux-tu compléter l'adresse sur les cinq enveloppes et ajouter le numéro qui manque grâce à ces renseignements puis dire à qui appartiennent les chats ?

– L'Anglais Andrew et son chat Harry vivent au 6, entre deux maisons habitées par des hommes.

– Le chien de Hito, le Japonais, se nomme Pikachu, les voisins de son maître possèdent l'un un chien et l'autre un chat et, comme tu le vois sur l'image, Pikachu aboie toujours.

– Le chien de Hans, l'Allemand, se nomme Bretzel, dans les deux maisons voisines vivent des chats.

– Le chien de Paola, l'Espagnole, se nomme Sancho et le chat de l'Italienne Rosanna, Miccio.

Le chamboule-tout

Pierre prépare le stand du chamboule-tout pour la kermesse de l'école. Il a donc rassemblé des boîtes de conserves vides et il veut préparer un maximum de pyramides identiques à celle qu'il a déjà construite.

Combien Pierre peut-il constituer de pyramides identiques à la première ? Et combien de boîtes supplémentaires doit-il peindre en rouge pour en construire une de plus ?

En cascade

Trouve la valeur, entre 1 et 8, de chaque soucoupe volante pour que ces opérations soient justes.

Pour t'aider, un des nombres est déjà décodé.

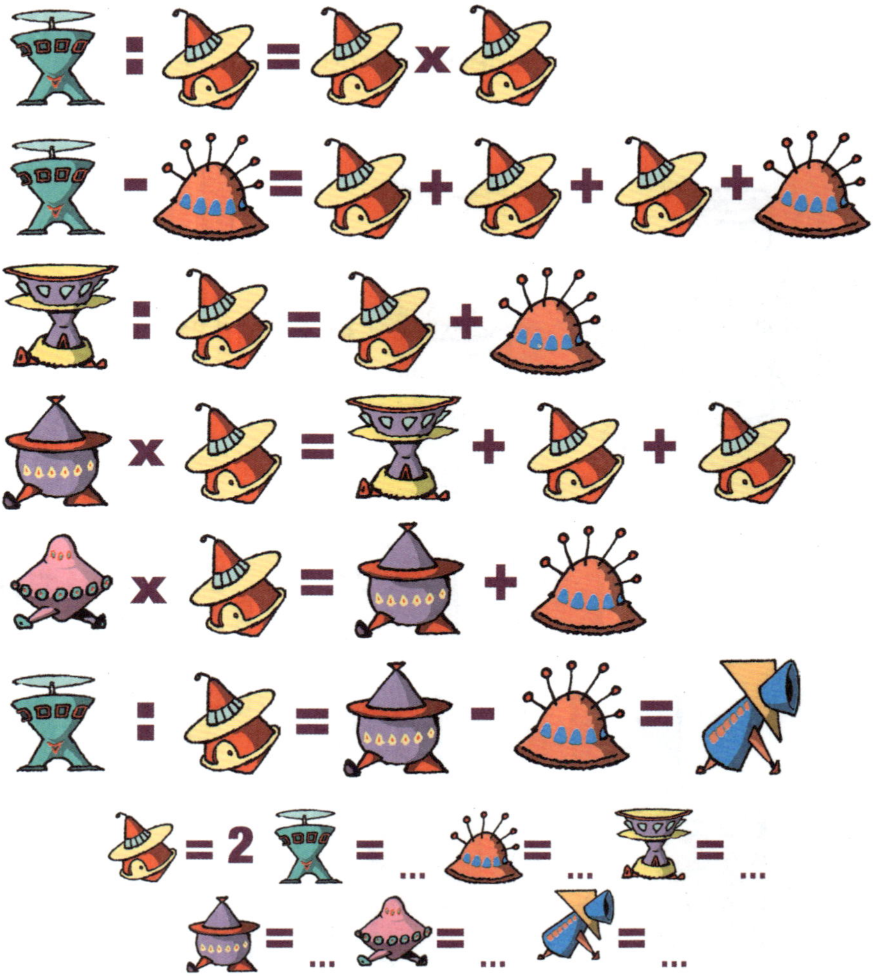

Tourisme

Aide ce voyageur égaré à rejoindre la station de métro. À chaque carrefour, quand tu rencontres une question, choisis la bonne réponse et tu seras sur le bon chemin.

Charades

Mon premier est un arbre toujours vert.
Mon deuxième sert à traverser une rivière.
Mon troisième s'achète chez le boulanger.
La poule fait mon quatrième.
Mon tout est une sirène d'alarme.

Mon premier est une lettre de l'alphabet.
Mon deuxième est un rongeur.
Mon troisième est un synonyme de « se rend ».
Mon quatrième indique la négation.
On passe de bonnes vacances dans mon tout.

Mon premier est une lettre de l'alphabet.
Mon deuxième est un autobus.
Mon troisième signifie « allez ! » en anglais.
Mon tout est un animal.

page 5

Les poires

6 poires = 4 pommes.
3 pommes = 450 g,
donc 1 pomme = 150 g.
4 pommes = 600 g = 6 poires.
1 poire = 100 g.

À la piscine

C : 14 h 50.

page 6

Au voleur !

Monsieur Bertrand dit qu'il rentre juste de voyage, pourtant les fleurs sur son balcon ont été arrosées, la cheminée fume.
De plus, la pelle, dans son jardin, vient de servir et l'inspecteur se dit qu'en creusant là où la terre est fraîchement retournée, il trouvera sans doute les bijoux.

page 8

Charades

Boulanger (bout – lent – G).
Pharmacie (phare – ma – si).

Message codé

Tous les triangles ont trois côtés.

page 9

Sur la plage

De gauche à droite :
Brice, Ryan, Léo,
Jules et Florent.

page 10

Futoshiki

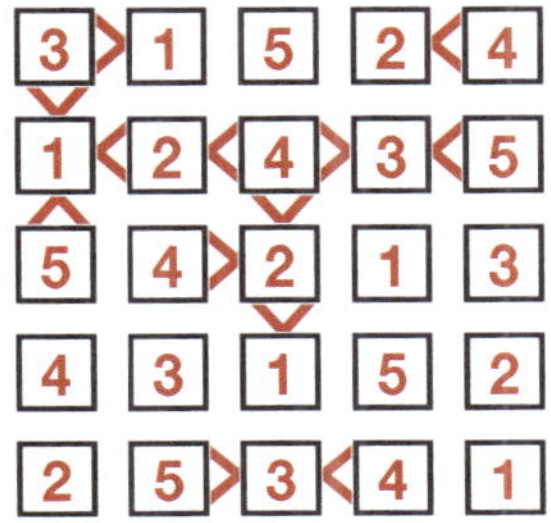

Rébus

Je suis européen.
(J'œufs – SUIS – euro – P – 1).

page 11

Le parking

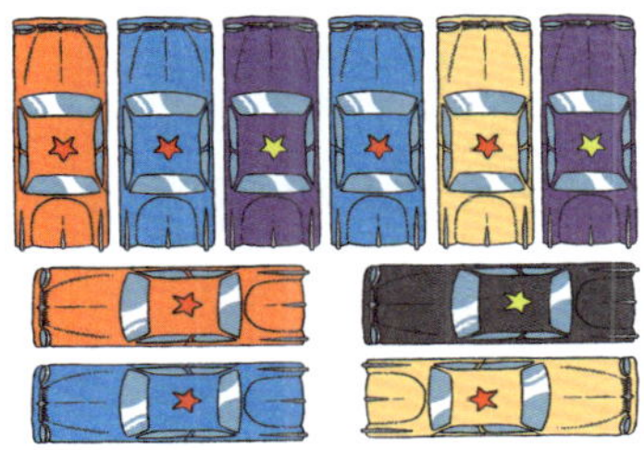

page 12

Jules a déménagé

1. Paul
2. Thomas
3. Noël et Pascal
4. Jules

1. Paul
2. Thomas
3. Noël et Pascal
4. Jules

1. Paul
2. Thomas
3. Noël et Pascal
4. Jules

page 14
En cascade

 = 4  = 1  = 2  = 7

 = 6  = 3  = 5  = 8

page 15
Au Moyen Âge

page 16
Un témoin précieux

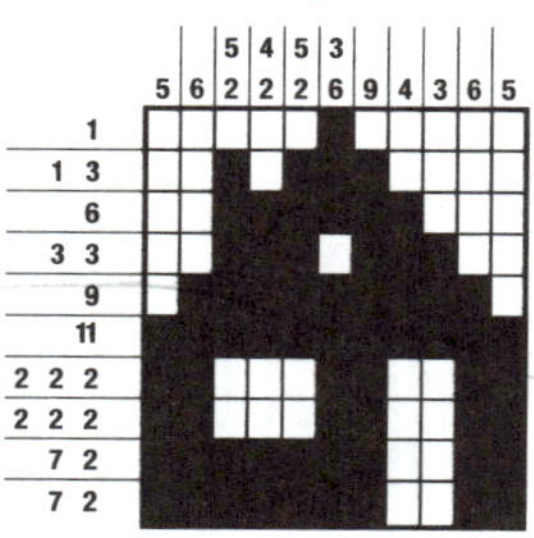

page 17
Le bassin

Le périmètre du rectangle est de (2 x 12) + (2 x 8) = 40 m.
Un carré de 40 m de périmètre a un côté de 40 : 4 = 10 m.

page 18
Les extraterrestres

Sur 24 membres d'équipage, la moitié, soit 12, sont des navigateurs, 4 des mécaniciens.
Il reste donc :
24 – 12 – 4 = 8 Martiens.
La moitié de ces 8, soit 4, sont des ingénieurs géographes.
Il reste donc 8 – 4 = 4 éclaireurs qui vont manger 4 x 5 = 20 rations.

page 19
Bon appétit !

page 20

Voyage, voyage !

Il s'agit bien sûr des habitants du troisième qui s'emmêlent un peu dans leur déclaration : Madrid est bien en Espagne mais Pise et Rome sont en Italie. Ils ont donc menti.

page 22

Touché ! Coulé !

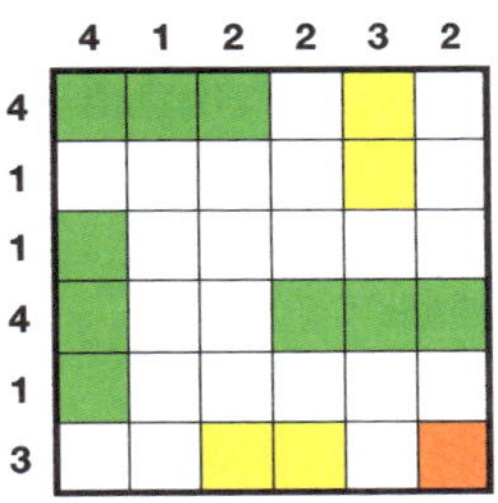

page 23

Tour de magie

Roi de trèfle.

Suite logique

page 24

Géographiquement

JAPON

page 25

Vers l'horizon

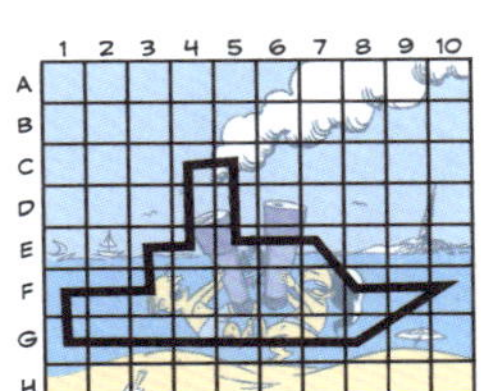

page 26

Vraoummm

Monsieur Lebrun dit que le bruit provient de sa télévision mais elle n'est pas branchée. Donc il a menti.

page 28

La terrasse

Les deux formes rouges, composées chacune de 25 carreaux, ont la même surface. Mais la forme en losange a un périmètre de 28 fois le côté d'un carreau, soit 28 x 20 = 560 cm, alors que le périmètre de la forme carrée mesure 20 fois le côté d'un carreau, soit 20 x 20 = 400 cm.

page 29

Les vases

1 - Magali, 2 - Dominique, 3 - Véronique, 4 - Olivier et 5 - Fred.

page 30

Futoshiki

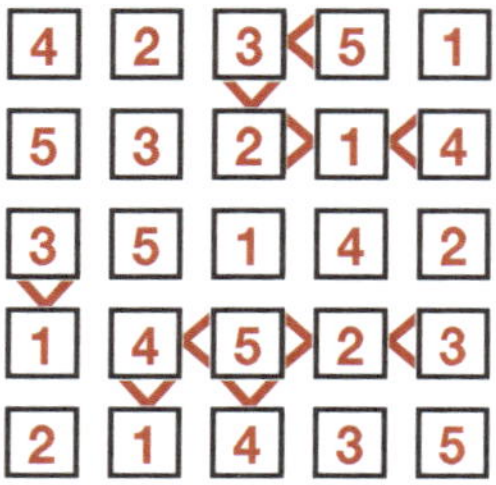

Rébus

J'ai le vertige.
(J'haie – l'œufs – ver – tige).

page 31

Au marché

1- Emma, 2 - Grégoire, 3 - Léa,
4 - Arthur et 5 - Ana.

page 32

Supermaths

page 33

Addi-soucoupes

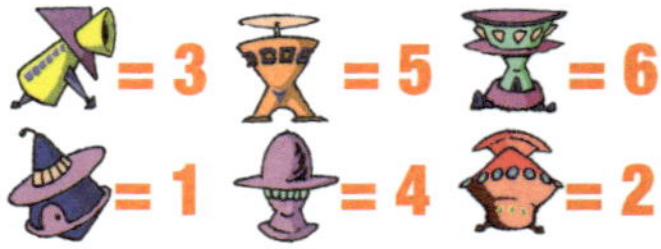

page 34

Crac !

Sur l'agenda, on voit que la danseuse étoile avait rendez-vous avec Cathia à 12 h 30. Pourquoi Cathia n'en parle-t-elle pas ? Doit-on croire qu'elle était jalouse de Nina et qu'elle a fait ce qu'il fallait pour qu'elle ne puisse pas danser ce soir ?

page 36

En cascade

page 37

À la bibliothèque

page 38
Peur dans la nuit

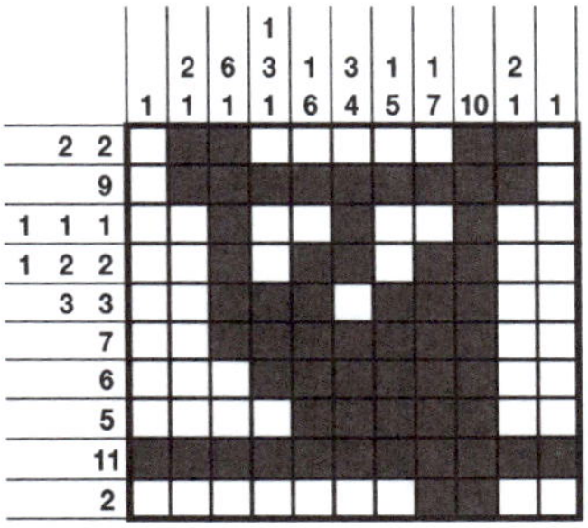

page 39
Les pierres

5 pierres = 2 pierres + 1 pot
ou 3 pierres = 1 pot.
2 pots + 1 pierre = 1 pierre + 450 g
ou 2 pots = 450 g.
Donc 1 pot = 225 g = 3 pierres.
1 pierre = 225 : 3 = 75 g.

Le goûter

Dans 3 boîtes de cakes,
il y a : 3 x 5 = 15 gâteaux.
Dans 3 sachets de gaufres,
il y a : 3 x 3 = 9 gâteaux.
Au total, cela fait :
15 + 9 = 24 gâteaux.
Pour avoir 24 bouteilles de soda,
il faut 24 : 6 = 4 caisses de soda.

page 40
Vol au musée

C'est sans aucun doute le comptable qui a drogué le café qu'il a apporté au gardien afin de l'endormir.

page 42
Touché ! Coulé !

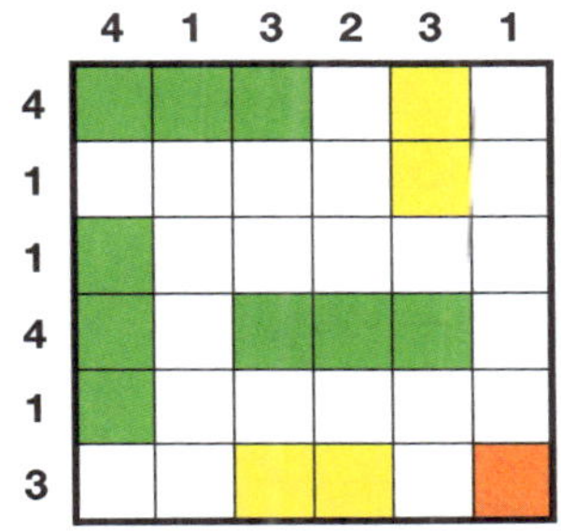

page 43
Poker

A : Jérémie, B : Corentin,
C : Charlotte, D : Pierre et E : Élise.

page 44
Charades

Toilettes (toit – lait – te).
Fermement (fer – meuh – ment).

Message codé

En chiffres romains, onze s'écrit XI.

page 45
Les deux trains

Si les deux trains se croisent, c'est qu'ils sont au même endroit. Donc, ils sont à la même distance de la gare de départ du premier train.

Suite logique

Chaque nombre est le double de celui qui le précède.
Le dernier nombre est donc 64.

page 46

Diététiquement

POIRE

page 47

Le cow-boy abandonné

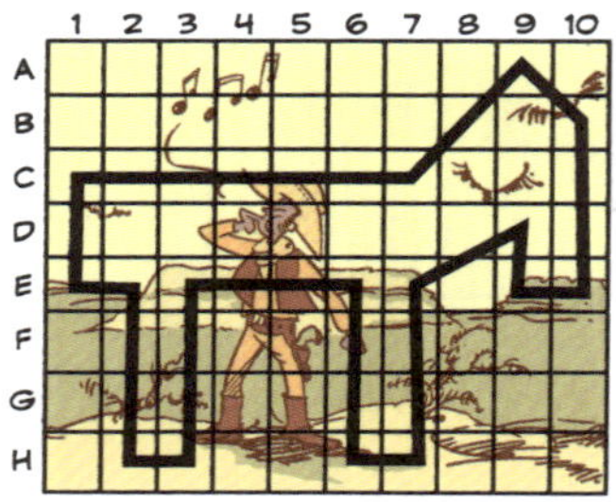

page 48

La carte secrète

Ceux qui ont cherché le trésor se sont trompés en lisant les indications. En effet, la page 22 est forcément une page de gauche d'un livre comme toutes les pages paires et donc, au dos de la page 22 se trouve la page 21. Il fallait donc lire les indications à l'envers.

page 50

Futoshiki

2 5 4 1 < 3
1 4 > 2 3 < 5
(colonne 3 : 2 ^ 5 ; colonne 5 : 5 v 1)
4 > 3 < 5 2 > 1
3 2 > 1 5 4
(colonne 3 : 1 ^ 3 ; colonne 5 : 4 v 2)
5 1 3 4 2

Rébus

Il a raté le train.
(île – A – rat – T – l'œufs – train).

page 51

Les chiens

1 - Médor, 2 - Octave, 3 - Hippolyte, 4 - Pinto et 5 - Gustave.

page 52

Addi-soucoupes

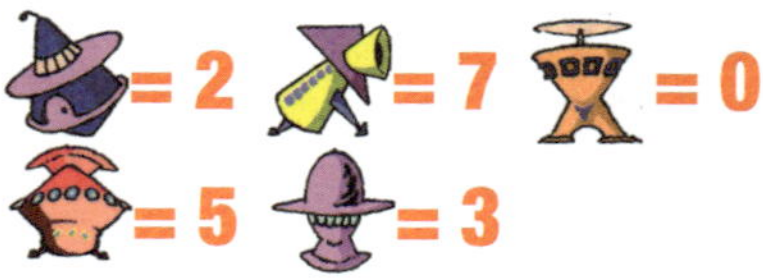

page 53

Les jetons

page 54

Le code secret

Si tu retournes une calculette qui indique 31505, tu pourras lire le mot SOSIE.
Paul Lerouge a donc voulu prévenir le détective qu'il avait un sosie, c'est-à-dire une personne qui lui ressemble tellement qu'on peut la prendre pour lui.

page 56

Rouge et bleu

Si on peint en bleu une face du gros cube, 16 petits cubes auront une face bleue.
Si on peint deux faces qui se touchent, les 4 cubes au contact des deux faces peintes auront deux faces bleues et 24 cubes auront une seule face bleue.

page 57

Sur les pistes

page 58

L'artiste préhistorique

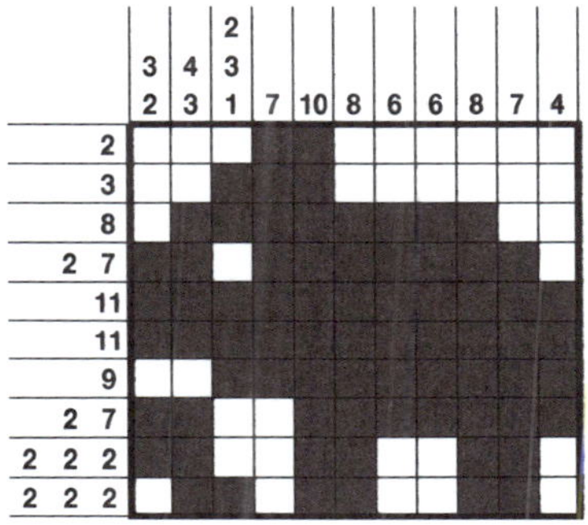

page 59

La kermesse

Natacha : 414, Louis : 207, Valentin : 575 et Manon : 1002.

page 60

Tarif réduit

Le père, la mère et Marion ont payé leurs billets d'entrée :
20 + 20 + 12 = 52 euros.
En ajoutant les glaces et les souvenirs, la dépense est de
52 + 10 + 12 = 74 euros.
Il reste donc 98 – 74 = 24 euros pour payer les billets des frères de Marion.
Puisqu'un billet coûte 12 euros, Marion a 2 frères.

page 61
Calendrier

page 62
Le vélo volé

Un des trois passants qui arrivent de l'impasse porte des taches de cambouis sur son tee-shirt. Le pneu du vélo a dû crevé en passant dans le trou qu'on voit sur la route.

page 64
Charades

Lentement (lent – te – ment).
Salade (sa – la – deux).

Message codé

Je sais faire les multiplications.

page 65
À la ferme

78 pattes – 2 (le fermier) = 76.
76 pattes – 4 (le chien) = 72.
La moitié de 72 pattes (72 : 2), 36 pattes, appartiennent aux vaches.
Il y a donc 36 : 4 = 9 vaches.

page 66
Mathématiquement

DOUZE

page 67
Les cadeaux

Il y a 2 possibilités : donner au premier enfant les cadeaux à 1, 6 et 8 euros, au deuxième, les cadeaux à 3, 5 et 7 euros, au troisième, les cadeaux à 2, 4 et 9 euros. Ou encore offrir les cadeaux à 6, 7 et 2 euros ; 8, 4 et 3 euros et à 5, 9 et 1 euros.

Suite logique

Chaque lettre est placée dans l'alphabet trois places après la précédente. La dernière lettre sera donc un Q.

page 68
C'est pas moi !

Personne n'a fait tomber l'aquarium. C'est le vent qui a ouvert la fenêtre et l'a projetée contre le bocal qui avait été placé par erreur à droite de la cheminée alors que, d'habitude, il se trouve à gauche comme le montre la marque qu'on voit à côté du vase.

page 70
Les cubes

D

page 71
À table !

1 - Joëlle, 2 - Axelle, 3 - Pierre, 4 - Antoine, 5 - Nathalie et 6 - Jean.

page 72
Futoshiki

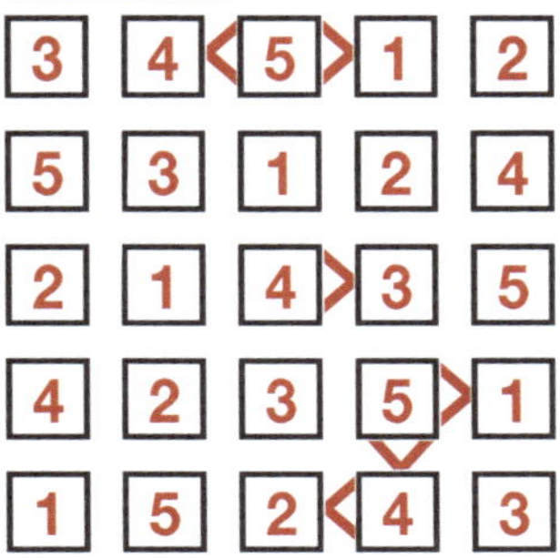

Rébus
Elle n'aime pas la neige.
(aile – nems – pas – la – nez – Je).

page 73
Les bonbons
4 sacs = 1 sac + 2 paquets
ou 3 sacs = 2 paquets.
3 paquets + 1 sac + 100 g =
1 sac + 550 g
ou 3 paquets = 450 g.
Donc 1 paquet = 150 g.
2 paquets = 300 g = 3 sacs.
1 sac = 300 g : 3 = 100 g.

Le nombre mystérieux
30

page 74
Addi-soucoupes

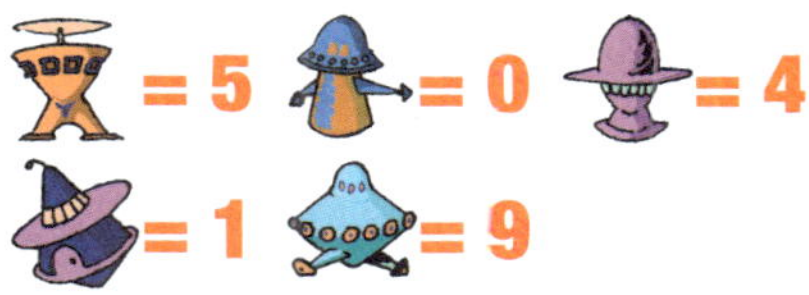

page 75
Le prince noir

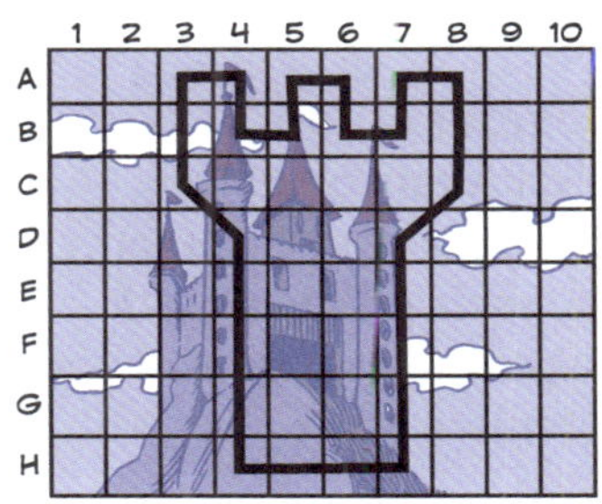

page 76
Le grenier
Les mites et le chat n'y sont pour rien. Ce sont les souris qui ont grignoté les vieux vêtements. Elles ont même arraché des morceaux de tissu qu'elles ont traînés vers leur trou.

page 78
Une enquête rapide

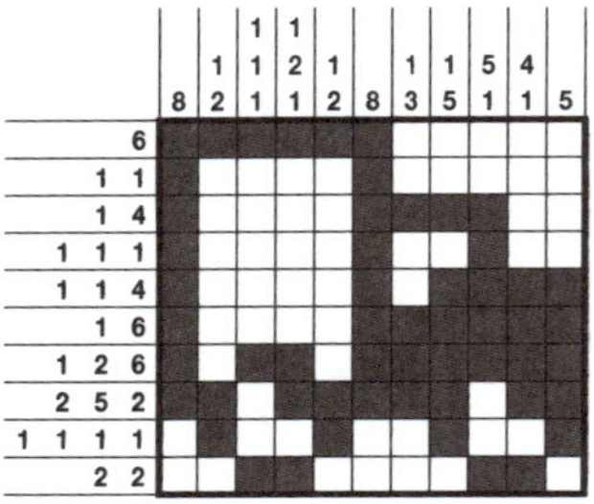

page 79
Rentrée des classes
Les 5 élèves dissipés occupent 5 tables et 2 tables sont utilisées pour la bibliothèque. Il en reste donc 17 – 5 – 2 = 10 tables qui peuvent accueillir 20 élèves. Il ne restera aucune table vide.

Suite logique
Chaque date est composée du chiffre de la date précédente + 1 et du mois précédent + 1. Donc, la prochaine date sera le 5 septembre.

page 80
Sportivement
HENRY

page 81
Les pirates
Les trois pirates ont respectivement 2, 4 et 6 coffres.

page 82
Ciel ! mes bijoux
Le majordome est bien suspect avec son pantalon déchiré et sa main blessée. C'est sans doute lui qui a eu affaire aux chiens.

page 84
Touché ! Coulé !

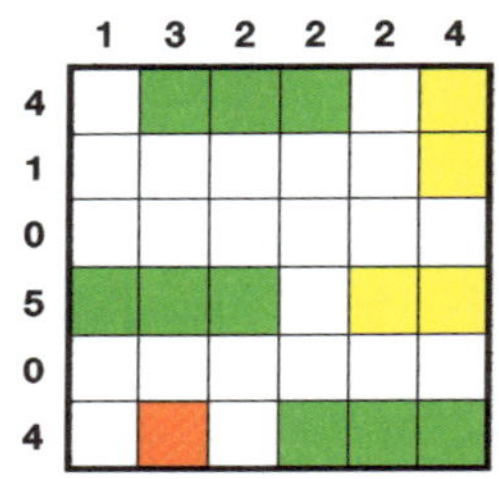

page 85
Les voitures
4 voitures = 2 voitures + 1 fusée
ou 2 voitures = 1 fusée.
3 fusées + 1 voiture + 520 g
= 5 fusées + 1 voiture + 200 g
ou 320 g = 2 fusées
ou 160 g = 1 fusée = 2 voitures.
1 voiture = 160 g : 2 = 80 g.

Les bonbons
Le sachet C.

page 86
En cascade

page 87
En Ovalie

page 88
Charades
Chaperon Rouge
(chat – peu – rond – rouge).
Internet (un, Terre, net).

Message codé
En chiffres romains, X signifie dix.

page 89
Marguerite est dans le pré

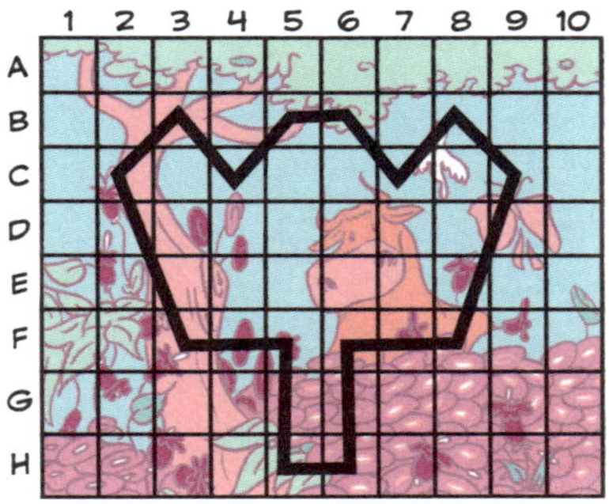

page 90
La voisine
Madame Leblanc est une menteuse. Elle prétend qu'elle ne voit rien sans ses lunettes, et pourtant elle rédige un chèque sans problème.

page 92
Futoshiki

5	4	2	3	1
1	2	3	5	4
2	3	1	4	5
4	1	5	2	3
3	5	4	1	2

Rébus
Où est mon aspirateur ?
(houx – haie – mont – as – pis – rat – T'heure).

page 93
La fête foraine
Benoît, Patrick, Mathieu, Philippe et Caroline.

page 94
Addi-soucoupes

 = 2  = 6  = 9
 = 3  = 1

page 95
Les gâteaux
Chaque gâteau carré a un côté de 5 cm. La surface d'un gâteau carré est donc de 5 x 5 = 25 cm^2.

page 96
Sale temps
Les garçons disent qu'ils ne sont pas sortis. Alors, comment expliquer que leurs bottes soient encore mouillées ?

page 98
Touché ! Coulé !
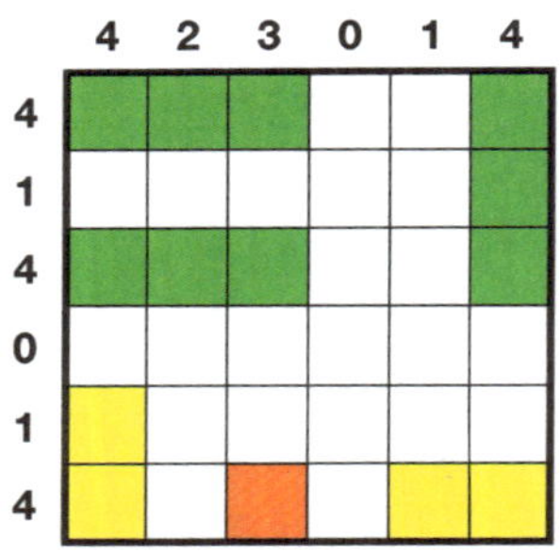

Page 99
La pyramide

page 100
Un voleur discret
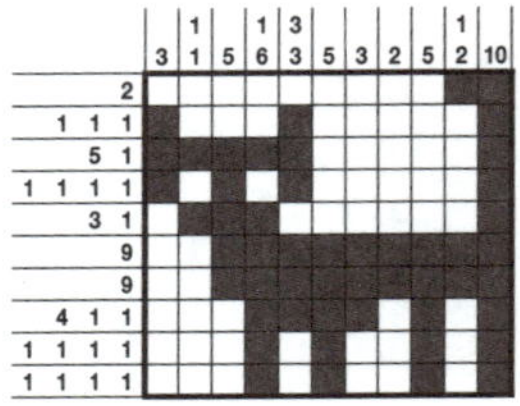

page 101
Les canaris
3 canaris + 1 coq = 2 coqs
+ 1 canari ou 2 canaris = 1 coq.
2 coqs + 1 canari + 1 kg = 4 coqs +
1 canari + 200 g ou 800 g = 2 coqs.
1 coq = 400 g = 2 canaris.
1 canari = 400 g : 2 = 200 g.

Les cadeaux
C : 20 euros.

page 102
En cascade

page 103
Les courses

page 104
Les traces
Wafa et Thomas sont partis vers la droite. On voit clairement la trace de la roue de la patinette et du pied droit de Wafa ainsi que les traces du pied valide de Thomas entre les marques de ses béquilles.

page 106
Touché ! Coulé !
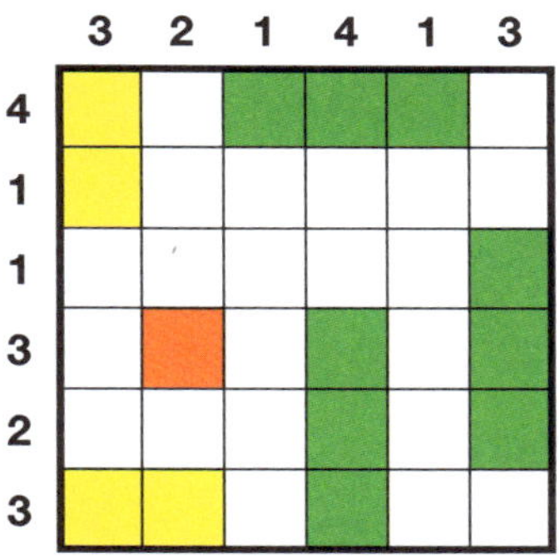

page 107
La cible
Le joueur jaune aura 20 points (5 + 10 + 5), le joueur rouge 35 points (10 + 10 + 5) et le joueur bleu 31 points (20 + 10 + 1). Le joueur rouge est donc le gagnant.

Suite logique
Chaque grappe contient deux grains de moins que l'avant-dernière à sa gauche. La dernière grappe doit donc avoir 9 grains (11 – 2).

page 108
Artistiquement
MANET

page 109
Le monstre
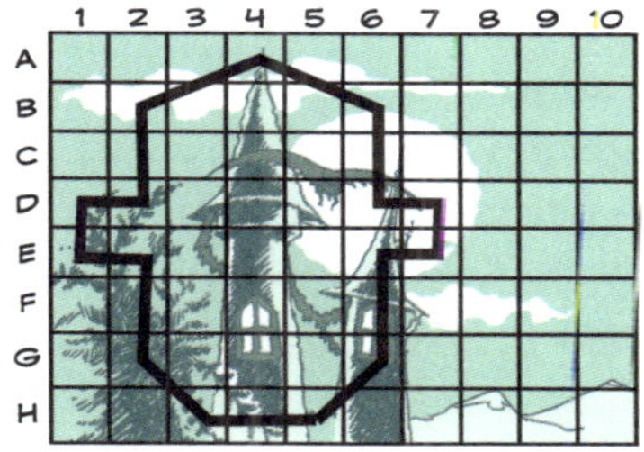

page 110
Voilà le facteur !
Au 2 : Paola Sanchez et son chien Sancho.
Au 4 : Hito Koro et son chien Pikachu.
Au 6 : Andrew Smith et son chat Harry.
Au 8 : Hans Schmidt et son chien Bretzel.
Au 10 : Rosanna Di Marco et son chat Miccio.

page 111
Le chamboule-tout
Avec les boîtes inutilisées, Pierre peut monter une pyramide identique à la première et il lui restera 3 boîtes vertes, 3 boîtes bleues et 1 boîte rouge.
Pour construire une nouvelle pyramide, il ne lui reste qu'à peindre 4 boîtes en rouge.

page 112
En cascade

 = 2  = 8  = 1  = 6
 = 5  = 3  = 4

page 113
Tourisme

page 114
Charades

Pin-pon pin-pon
(pin – pont – pain – pond).
Caravane (K – rat – va – ne).
Escargot (S – car – go).